EL HOMBRE
QUE SABÍA DEMASIADO

G. K. Chesterton

Título: El hombre que sabía demasiado
Título original: *Man who knew too much*
Autor: G. K. Chesterton

© Edimat Libros, SA
C/ Primavera, 10, nave 35
28500 Arganda del Rey
Madrid-España
www.edimat.es

Traducción: Cinta García de la Rosa
Diseño e ilustraciones de cubierta: Karakachoff Estudio
Ilustración de cubierta: Andrés Nancul para Karakachoff Estudio

ISBN: 978-84-9794-652-0
Depósito Legal: M-26315-2024

Impreso en España - *Printed in Spain*

INTRODUCCIÓN

El escritor inglés Gilbert Keith Chesterton, más conocido como G. K. Chesterton, nació el 29 de mayo de 1874 en Londres. Fue periodista, novelista, ensayista y escritor de libros de viajes cuyo sentido del humor y sentido común lo convirtieron en uno de los autores más admirados del siglo XX. Hijo de Edward Chesterton y de su esposa Marie Louise Grosjean, instalados en Kensington, donde tenían una agencia inmobiliaria. Los Chesterton tuvieron tres hijos: Beatrice, Gilbert Keith y Cecil. Beatrice murió muy joven y el padre prohibió a la familia que hablasen del tema y destruyó casi todas las fotografías de la hija. Poco después, Edward dejó el negocio familiar anticipadamente debido a problemas de corazón, pero mantuvo una renta que le permitió dedicarse a sus propias inquietudes, como el arte, la jardinería y la literatura.

El propio Chesterton describe en su *Autobiografía,* con su proverbial sentido británico del humor, las circunstancias de su nacimiento: «Doblegado ante la autoridad y la tradición de mis mayores por una ciega credulidad habitual en mí y aceptando supersticiosamente una historia que no pude verificar en su momento mediante experimento ni juicio personal, estoy firmemente convencido de que nací el 29 de mayo de 1874, en Campden Hill, Kensington, y de que me bautizaron según el rito de la Iglesia anglicana en la pequeña iglesia de St. George». Al parecer, ese bautizo fue más bien por presión social o por convencionalismo, puesto que los padres no eran creyentes practicantes, eran lo que en la época se denominaba «librepensadores».

Su educación básica tuvo lugar de 1881 a 1886, e ingresó en 1887 en un centro educativo privado. Chesterton describió aquel sistema educativo por el que tuvo que pasar como «ser instruido por alguien a quien yo no conocía, sobre algo que yo no quería saber». Seguidamente estudió dibujo y pintura en la Slade School of Fine Arts de 1893 a 1896. Llegó a ser un dibujante diestro y contribuyó con sus ilustraciones para sus propias obras como para las de otros escritores.

En aquella época se interesó en el ocultismo, muy en boga por entonces en la cultura y la sociedad británicas. En su *Autobiografía* cuenta que de todos los que se dedicaban al espiritismo, o a los «juegos con el demonio», él era el único que creía realmente en aquellas cosas: «Me imagino que no son casos raros. De todos modos, aquí el punto consiste en que bajé lo suficiente como para descubrir al diablo y, aunque fuera débilmente, de reconocerlo. Al menos nunca, en esta primera etapa vaga y escéptica, me gustaron mucho los argumentos corrientes sobre la relatividad del mal o la irrealidad del pecado. Quizás, cuando al fin emergí como una especie de teórico y fui descrito como un optimista, fue debido a que yo era una de las pocas personas en aquel mundo de lo diabólico que realmente creía en los diablos». Tras un período de descubrimiento personal, abandonó la Universidad y empezó a trabajar como editor literario sobre temas espiritistas y teosóficos en diferentes periódicos, además de asistir a las reuniones sobre esos temas. Se volvió agnóstico «militante».

Se casó en 1901 con Frances Blogg, que era practicante de la religión anglicana y que en un principio lo ayudó a acercarse al cristianismo desde su militancia agnóstica. La pareja se mantuvo unida y compartieron la fe hasta el final de sus vidas. Ella lo ayudó en la gestión de su trabajo y en reforzar su tarea vital en todos los aspectos. Más adelante, Chesterton se acercó al cristianismo y recuperó el anglicanismo, la religión de su infancia. En esta renovada creencia se adentró cada vez más en los escritos de los padres de la Iglesia.

Mantuvo una correspondencia constante con varios sacerdotes y amigos católicos, que lo ayudaron a ir saliendo poco a poco de su pensamiento para llevarlo hacia la fe católica, en cuya Iglesia entró oficialmente en 1922. No obstante, realizó diversas críticas al conservadurismo de la Iglesia Católica Romana, en las que decía que no quería una Iglesia que fuese adaptándose a los tiempos, ya que el ser humano siempre es el mismo y necesita que lo guíen: «Nosotros realmente no queremos una religión que tenga razón cuando nosotros tenemos razón; lo que nosotros queremos es una religión que tenga razón cuando nosotros estamos equivocados...». Su conversión al catolicismo provocó un enorme revuelo.

Chesterton poseía un aspecto físico notable, medía 1,93 metros y pesaba 130 kilos. Se dice que en cierta ocasión le comentó a su amigo George Bernard Shaw, que era hombre enjuto y delgado: «Al verte, se podría pensar que una hambruna asoló Inglaterra», a lo que Shaw contestó: «Al verte a ti, se podría pensar que tú causaste la hambruna». Solía llevar capa y un sombrero arrugado, con un bastón espada en la mano y un cigarro en la boca. Tenía tendencia a olvidar dónde tenía que ir y a perder por eso el tren que debía llevarlo al lugar donde debería estar. Se contaba que en muchas ocasiones enviaba un telegrama a su esposa desde algún lugar preguntándole cosas como: «Estoy en tal o cual lugar. ¿Dónde debería estar?», a lo que ella respondía «¡en casa!». Se ha especulado que esos «despistes» y el hecho de que Chesterton era muy torpe de niño pudieran ser correspondientes a un caso de trastorno de déficit de atención.

En su búsqueda de la verdad encontró varios obstáculos, pero siempre estuvo dotado de una mentalidad abierta y no se detuvo ante estos muros, a no ser que estuviera convencido de que debía derribarlos para poder continuar con su búsqueda. Se le atribuye la frase: «No hay que derribar una valla hasta que se sepa la razón por la que fue puesta».

Chesterton ha sido etiquetado como conservador porque destaca valores de la tradición y del mundo antiguo —sobre todo medieval—, pero realmente, su pensamiento es el del tradicionalismo político. Escribió desde una perspectiva cristiana, pues para él, el *cristianismo* es la llave que permite abrir la cerradura del misterio de la vida. Sus argumentos nunca son teológicos, sino basados en la razón, la experiencia y la historia, y en defensa de la sensatez, para él la virtud suprema del hombre, pues nos hace saber estar en la vida y en el mundo. Parte desde el asombro por la existencia, pues podríamos no ser: «Hay un mundo real ahí fuera que es esencialmente bueno y hermoso, por tanto hay que estar alegres y llenos de agradecimiento». Chesterton es profundamente enemigo del sentimentalismo, la contrapartida del racionalismo.

Murió el 14 de junio de 1936 en Beaconsfield. Al parecer, en un estado más lúcido de su agonía dijo: «El asunto está claro ahora. Está entre la luz y la sombra, y cada uno debe elegir de qué lado está». Su esposa, Frances, que estuvo todo su proceso final junto a *él,* lo vio despertar por última vez, estando presentes ella y Dorothy, la hija que ambos adoptaron. Chesterton la reconoció y dijo sencillamente,

«Hola, cariño». Luego se dio cuenta de que allí también estaba Dorothy, y dijo, «Hola, querida». Esas fueron sus últimas palabras, que quizá no fueron lo que muchos esperarían de uno de los mayores escritores del siglo XX, pero hay quien señala que «Aun así, sus palabras fueron sumamente apropiadas, en primer lugar, porque estaban dirigidas a las dos personas más importantes de su vida, su mujer y su hija adoptiva, y en segundo lugar porque eran palabras de saludo y no de despedida, y señalaban un comienzo, no un final».

Chesterton escribió unos ochenta libros, centenares de poemas, alrededor de doscientos cuentos y artículos, ensayos y obras menores en cantidad innumerable. Al inicio de su carrera fue conocido por sus artículos periodísticos, luego publicó su primera novela en 1904, *El Napoleón de Notting Hill,* que inspiró la revuelta irlandesa contra la dominación y la colonización británicas. Escribió la obra *Herejes* (1905) y tres años después publicó *Ortodoxia,* en la que refleja su evolución espiritual a lo largo de su vida. Otra obra de esa época es *La esfera y la cruz* (1910). Su continua preocupación por los problemas sociales lo llevó a escribir *Qué está mal en el mundo* (1910). Su novela más conocida es *El hombre que fue jueves* (1908), alegoría sobre el mal y el libre albedrío. De 1912 es *La balada del Caballo Blanco,* un extenso poema épico histórico.

En 1922 publicó *Mi visión de los Estados Unidos,* con ocasión de su primer viaje a Estados Unidos y Canadá. En 1925 apareció *El hombre eterno,* que trata de la Historia del mundo hasta el principio de la Era Cristiana, y en una segunda parte desde ese inicio hasta la actualidad. Se afirma en algunos medios que *El hombre eterno* es su libro más transcendente, debido a la influencia que ha venido ejerciendo en muchos escritores, entre ellos C.S. Lewis y Evelyn Waugh. Se le conoce también como aforista «Loco es quien lo ha perdido todo, menos la razón» pues emplea mucho ese recurso en toda su obra, y aunque él mismo no escribió ningún libro de compilaciones, hay muchos estudiosos que los extraen de las obras para darlos a conocer en forma de libros de aforismos.

Quizá su personaje más característico sea el padre Brown, a quien en el primero de los relatos, *La cruz azul,* describe así: «El pequeño sacerdote era la esencia misma de aquellas llanuras orientales; tenía una cara redonda y embotada como un buñuelo de Norfolk, unos ojos tan vacíos como el mar del Norte y llevaba varios paquetes de papel de estraza que no conseguía mantener juntos». Con este personaje, sacerdote católico de aspecto humilde, descuidado e inofensivo, que llevaba siempre un paraguas enorme, y con sus aventuras policíacas consiguió la popularidad a gran escala. Este sacerdote de aspecto ingenuo suele resolver los crímenes más enigmáticos, atroces e inexplicables gracias a su conocimiento de la naturaleza humana, y no tanto por deducciones lógicas y grandes malabarismos mentales. La habilidad del autor consiste en sugerir que la explicación «irracional» es la única y la más racional, para después revelar la sencilla respuesta al misterio. Dicho de otro modo: en los casos donde se invoca la presencia de lo sobrenatural y en los que alguien se convence rápidamente de la existencia de un milagro o de la intervención divina, el padre Brown, a pesar de su devoción, es hábil para encontrar en poco tiempo la explicación más natural y perfectamente ordinaria a un problema en apariencia insoluble.

Chesterton escribió unos cincuenta relatos con este personaje, que fueron publicados originalmente entre 1910 y 1935 en revistas británicas y estadounidenses (publicar en folletos o «entregas» en la prensa era costumbre en aquella época). Fueron recopilados posteriormente en cinco libros, *El candor del padre Brown, La sagacidad del padre Brown, La incredulidad del padre Brown, El secreto del padre Brown* y *El escándalo del padre Brown.* Otros tres relatos con este personaje se publicaron más tarde, *La vampiresa del pueblo, El caso Donnington,* descubierto en 1981, y *La máscara de Midas,* que el autor terminó poco antes de morir y fue encontrado en 1991. Y, por supuesto, se han realizado películas y series televisivas con el atípico detective.

En las novelas del padre Brown se cuentan historias como la de un hombre asesinado por sus sirvientes mecánicos *(El hombre invisible),* o como la de un libro que produce la muerte de quien lo lee *(El maligno influjo del libro).* En el relato *La honradez de Israel Gow* narra la historia de un aristócrata que muere en un castillo donde lo había acompañado un criado discapacitado mental. En *El ojo de Apolo* narra la historia de una muchacha rica que encuentran muerta al haberse caído por el hueco del ascensor, pero lo que parece un accidente sencillo, aunque terrible, se complica cuando aparece una peculiar secta de adoradores del Sol de la cual formaba parte la muchacha. En *La mues-*

tra de la espada rota, nos encontramos a un héroe histórico, mostrado de una forma extraña y aterradora al descubrir el religioso detective la verdad que se escondía tras el mito.

EL HOMBRE QUE SABÍA DEMASIADO

Otra de las colecciones más notables de Chesterton es *El hombre que sabía demasiado,* en cuyos episodios el investigador Horne Fisher resuelve los crímenes más por su profundo conocimiento de las intimidades y los detalles de los involucrados en cada caso, que por sus propios conocimientos en cualquier rama del saber.

Chesterton publicó la colección de relatos de *El hombre que sabía demasiado* en 1922, quizás por eso aparece recurrente la inestabilidad política de la época y los tejemanejes del Parlamento británico en la sombra. Se describen en esta novela varios episodios de la vida de un aristócrata inglés, Horne Fisher, cuyos extraños parientes se dedican en su mayoría a la política. Tras un intento fracasado para entrar en ella, se retira, pero la observa agudamente desde su posición privilegiada dentro de la clase dirigente. Esta circunstancia determina que «sepa demasiado» sobre los entresijos del poder en su país, razón por la cual es capaz de adivinar quién es el culpable en distintos casos de asesinato en los que las víctimas pertenecen a la élite gobernante. Para ello cuenta con la ayuda de un joven, candoroso e inexperto periodista político, Harold March, a quien conoce en determinadas circunstancias que los envuelven a los dos en la resolución de un crimen político. Ese primer caso establece la amistad entre los dos, colaborando repetidamente en los otros acontecimientos que se van presentando. Chesterton perfila ambos personajes con trazos sutiles y plausibles, hábilmente complementados entre sí. Su estilo, ágil, realista y refinado, como lo son los tipos humanos sobre los que se aplica, es muy expresivo y sobrio, lo que permite que haya conservado plena vigencia con el paso del tiempo. La sagaz y dura denuncia de una sociedad amenazada por la corrupción y la pérdida de valores se combina en el desarrollo argumental con un sólido patriotismo que el personaje central encarna, pese a su escepticismo, hasta extremos heroicos en el desenlace.

La gracia de estos relatos es la peculiar personalidad de sus protagonistas, las apariencias engañosas, la cuestionable ética y moral de los ingleses contemporáneos de Chesterton (tema recurrente en el autor junto al del sentido común) y la terrible familia de Fisher. Pero, sin duda, lo más destacado es el encanto de Chesterton, su inteligencia y su sentido del humor.

La obra está dividida en ocho capítulos independientes, ambientados en lugares parecidos y con idéntico tratamiento policiaco: *El rostro en la diana, El príncipe fugaz, Alma de colegial, El pozo sin fondo, La manía del pescador, El agujero en el muro, El templo del silencio* y *La venganza de la estatua.* La trama combina los elementos propios de este género con una fuerte intención crítica político-social. Aunque cada caso es independiente de los demás, es necesaria una lectura de conjunto para delinear de modo más completo la personalidad de los protagonistas. En cada uno de los «episodios» deben hacer frente a un tipo distinto de adversario: un político, un financiero, un militar, un aristócrata, un funcionario... El joven periodista Harold March va aprendiendo a lo largo de las aventuras que emprenden juntos. El primero de los casos —un asesinato camuflado de accidente— plantea una pregunta cuya contestación se halla en el último de ellos, y en ese relato se da una clave importante para comprender el mensaje que desea transmitir el autor.

Los ocho relatos tratan fundamentalmente de los turbios y oscuros manejos de financieros arribistas y del comportamiento delictivo de políticos, aristócratas y funcionarios para defender sus propios intereses. Fisher conoce muy bien todo aquello y desvela por tanto todo los embrollos por el conocimiento que tiene del entorno humano. Al final lo deja como estaba, no sólo porque si dijera la verdad se hundiría el Gobierno, sino porque Fisher es de la misma clase social que los culpables, incluso algunos de ellos son parientes o amigos suyos y pueden tener buenos motivos para los crímenes que cometen; el culpable podría ser hasta él mismo...

En varias ocasiones, como en *El pozo sin fondo,* el protagonista muestra su desazón por lo que sabe: «Sé demasiado, dijo, ese es mi problema; ese es el problema de todos nosotros, y de todo el tinglado; que sabemos demasiado. Sabemos demasiado los unos de los otros; y de nosotros mismos. El lado sórdido de las cosas, las causas secretas, los móviles corrompidos, el soborno y el chantaje que llaman Política». Pero cuando en *La venganza de la estatua* el joven e idealista

Harold March le hace que note su complicidad con esos comportamientos que dice rechazar, Fisher también tiene algo que responder: «No se conoce nunca lo mejor de un hombre hasta que se conoce lo peor. / Hasta en un palacio se puede llevar una vida recta, y hasta en el Parlamento se puede vivir haciendo algún que otro esfuerzo por vivir rectamente. / Sólo Dios sabe lo que es capaz de soportar la conciencia, o hasta qué punto intentará salvar su alma un hombre que haya perdido el honor».

En varios de los relatos se habla de que ciertos financieros de origen judío controlaban a los gobernantes de Inglaterra. Estas alusiones, convenientemente agitadas, han servido a veces para acusar a Chesterton de antisemita; pero en realidad su objetivo era enfrentarse a un cosmopolitismo que no sabe de amor al propio país, y exponer un concepto del patriotismo como «la última de las virtudes» («El patriotismo es el último refugio de los canallas»). Hay personas que pueden ser capaces de estafar y de engañar, pero que nunca venderían a su país... o que sí lo harían.

Para Jorge Luis Borges, que no dejó nunca de leerlo y de admirarlo, Chesterton fue un incomparable inventor de cuentos fantásticos: «Pienso que Chesterton es uno de los primeros escritores de nuestro tiempo y ello no sólo por su venturosa invención, por su imaginación visual y por la felicidad pueril o divina que traslucen todas sus páginas, sino por sus virtudes retóricas, por sus puros méritos de destreza».

Y el propio Borges sentencia: «Chesterton habría podido ser un Edgar Allan Poe o un Franz Kafka, pero prefirió —y hay que agradecérselo— ser Chesterton».

EL HOMBRE
QUE SABÍA DEMASIADO

CAPÍTULO PRIMERO

El rostro en la diana

Harold March, el prometedor crítico social, iba caminando con energía mientras atravesaba una gran meseta de páramos y arboledas, cuyo horizonte se encontraba flanqueado por los lejanos bosques de la famosa finca de Torwood Park. Era un joven apuesto vestido de *tweed,* con pelo rizado muy claro y ojos de un pálido color. Caminando bajo el viento y el sol en el paisaje mismo de la libertad, todavía era lo bastante joven para recordar sus ideas políticas y no intentar tan sólo olvidarlas. Porque su visita a Torwood Park era de naturaleza política. Era el lugar de la cita nombrado por, nada más y nada menos, que el ministro de Hacienda, sir Howard Horne, quien entonces exponía su llamado presupuesto socialista y estaba dispuesto a desarrollarlo en una entrevista con un plumilla tan competente. Harold March era el tipo de hombre que lo sabe todo sobre política, pero nada sobre los políticos. También sabía mucho sobre arte, letras, filosofía y cultura general; de hecho, sabía casi de todo menos del mundo en el que vivía.

De súbito, en medio de aquella soleada y ventosa planicie, llegó a una especie de hendidura casi tan estrecha como para ser considerada una grieta en la tierra. Tenía el tamaño justo para permitir el paso del agua de un pequeño riachuelo que se desvanecía a intervalos bajo verdes túneles de sotobosque, como si se tratara de un bosque enano. De hecho, albergaba la extraña sensación de ser un gigante que observara el valle de los pigmeos. Cuando bajó a la hondonada, sin embargo, la impresión desapareció; las rocosas orillas, aunque apenas sobrepasaban la altura de una cabaña, se cernían sobre él y tenían el perfil de un precipicio. Cuando comenzó a bajar siguiendo el curso del riachuelo, por simple curiosidad ociosa y romántica, y vio que el agua brillaba en pequeñas franjas entre las grandes rocas grises y arbustos tan suaves como el gran musgo verde, su fantasía tomó el camino contrario. Fue como si la tierra se hubiera abierto y se lo hubiera tragado para hacerle caer en una especie de inframundo de sueños. Y cuando fue consciente de una oscura figura humana recortada contra el riachuelo plateado, sentada sobre un gran peñasco y con aspecto de ave de gran tamaño, quizás lo fue con las premoniciones adecuadas de un hombre que acaba de encontrar la amistad más extraña de su vida.

Al parecer, el hombre estaba pescando o, al menos, presentaba la actitud de un pescador con más de la inmovilidad de un pescador. March pudo examinar al hombre, casi como si de una estatua se tratara, durante unos minutos antes de que el hombre hablase. Era un hombre alto y rubio, cadavérico, un poco lánguido, con pesados párpados y la nariz aguileña, con el puente bien alto. Cuando su rostro resultaba oculto por su blanco sombrero de ala ancha, su rubio bigote y esbelta figura le daban aspecto juvenil. Pero el sombrero panamá yacía junto a él sobre el musgo y el espectador pudo ver que su entrecejo estaba prematuramente calvo, y esto, combinado con un cierto vacío en su mirada, le confería un aire de esfuerzo mental e incluso de jaqueca. Pero lo más curioso del hombre, de lo cual uno se percataba tras un breve escrutinio, era que, aunque tenía aspecto de pescador, no estaba pescando.

En vez de una caña de pescar, sujetaba algo que podría haber sido una sacadera como la que usan los pescadores, pero que se asemejaba mucho más a la ordinaria red de juguete que portan los niños y que se usa indistintamente para coger gambas o mariposas. La metía en el agua a intervalos, para luego mirar con gravedad su cosecha de algas o fango y después volverla a vaciar.

—No, no he capturado nada —comentó con calma, como si respondiera a una muda pregunta—. Cuando lo hago, tengo que volver a lanzarlo al agua, en especial a los peces gordos. Pero algunas de las bestias pequeñas me interesan cuando las cojo.

—¿Supongo que por interés científico? —observó March.

—Del tipo más chapucero, me temo —contestó el extraño pescador—. Siento una especie de afición por lo que llaman «fenómeno de fosforescencia». Pero sería bastante inoportuno aparecer en sociedad portando un pescado hediondo.

—Supongo que lo sería —dijo March con una sonrisa.

—Bastante extraño entrar en un salón portando un gran y luminoso bacalao —continuó el extraño del modo apático que lo caracterizaba—. Qué singular sería que pudiéramos llevarlo como si fuera un farol, o usar pequeños espadines como velas. Algunos de los seres marinos se verían muy hermosos como pantallas de lámparas, como el caracol marino azul que brilla como las estrellas, y algunas de las estrellas de mar rojas realmente brillan como estrellas carmesíes. Pero, como es natural, no las estoy buscando aquí.

March pensó en preguntarle qué estaba buscando, pero, sintiéndose en desigualdad para entrar en una discusión técnica al menos tan profunda como los peces abisales, volvió a temas más mundanos.

—Qué deliciosa hondonada en la que nos encontramos —dijo—. Este pequeño valle y su riachuelo. Es como esos lugares de los que habla Stevenson, donde algo está a punto de suceder.

—Lo sé —respondió el otro—. Creo que es porque el lugar mismo, por así decirlo, parece suceder y no meramente existir. Quizás eso es lo que el viejo Picasso y algunos de los cubistas están intentando expresar con ángulos y líneas abruptas. Mire esa pared, como bajos acantilados que sobresalen en los ángulos adecuados a la pendiente de césped que los recorre. Es como una colisión silenciosa. Es como el rompeolas y la resaca de una ola.

March miró hacia el risco que sobresalía por encima de la verde pendiente y asintió. Sentía interés por un hombre que pasaba con tanta facilidad de los tecnicismos de la ciencia a los del arte, y le preguntó si admiraba a los nuevos artistas angulares.

—Tal y como lo siento, los cubistas no son lo bastante cubistas —replicó el extraño—. Me refiero a que no son lo suficientemente profundos. Al transformarlo todo en matemáticas, lo convierten en algo pobre. Tome las líneas vivas de ese paisaje, simplifíquelas al ángulo correcto y aplánelas hasta reducirlas a un mero diagrama sobre el papel. Los diagramas albergan su propia belleza, pero es una belleza de otro tipo. Representan los objetos inmutables, las verdades serenas, eternas y matemáticas, lo que algunos llaman «el blanco resplandor de...».

Se interrumpió y, antes de que formara la siguiente palabra, algo había sucedido casi demasiado rápido y por completo como para que se dieran cuenta. Desde detrás de la sobresaliente roca les llegó un ruido y un ajetreo como el de una locomotora, y apareció un gran automóvil. Coronó la cima del acantilado, negro contra el sol, como un carro de combate que corriera hacia su destrucción en alguna salvaje epopeya. March alargó la mano en un gesto tan automático como fútil, como para evitar la caída de una taza de té en un salón.

Durante una fracción de segundo pareció abandonar el saliente rocoso como un barco volador. Luego el mismo cielo pareció girar como una rueda y dejó una ruina en medio de la crecida hierba de allí abajo, un penacho de humo gris alzándose despacio desde el automóvil hasta el aire silencioso. Un poco más abajo, la figura de un hombre de pelo cano yacía tirada sobre la empinada pendiente verde, sus miembros dispuestos de un modo aleatorio y con el rostro girado.

El excéntrico pescador soltó su red y se dirigió a toda velocidad hacia el lugar, con su nueva amistad siguiendo sus pasos. Conforme se acercaban, parecía haber una especie de monstruosa ironía en el hecho de que la maquinaria muerta siguiera palpitando y formando estruendo como una fábrica, mientras que el hombre yacía tan inerte.

No cabía duda de que estaba muerto. La sangre fluía sobre la hierba desde una fractura irremediablemente mortal en la parte trasera del cráneo. Pero el rostro, que estaba vuelto hacia el sol, no presentaba heridas y era extrañamente impresionante de por sí. Se trataba de uno de esos casos de un rostro extraño tan peculiar que resultaba familiar. De algún modo, nosotros sentíamos que debíamos reconocerlos, aun cuando no era así. Era uno de esos rostros anchos, cuadrados con grandes mandíbulas, casi como el de un simio de gran inteligencia. La ancha boca estaba cerrada con tanta fuerza que se veía reducida a una simple línea. La nariz, corta con el tipo de narinas que parecían abrirse con gran apetito de aire. Lo más extraño de ese rostro era que una de las cejas estaba levantada en un ángulo mucho más agudo que la otra. March pensó que nunca había visto un rostro tan naturalmente vivo como esta faz muerta. Y su fea energía aún parecía más extraña por su halo de pelo canoso. Algunos documentos aparecían medio caídos de su bolsillo y, de entre ellos, March extrajo un tarjetero. Leyó en voz alta el nombre en la tarjeta.

—Sir Humphrey Turnbull. Estoy seguro de que he oído ese nombre en alguna parte.

Su acompañante sólo exhaló un leve suspiro y permaneció en silencio durante un instante, como si reflexionara, y luego dijo tan sólo:

—El pobre hombre está bien muerto.

Luego añadió algunos términos científicos con los que su interlocutor se encontró una vez más fuera de su elemento.

—Tal como están las cosas —continuó la misma persona, quien estaba curiosamente bien informada—, lo más legal será que dejemos el cuerpo tal cual hasta que la policía sea informada. De hecho, creo que será mejor que no informemos a nadie, excepto a la policía. No se sorprenda si parezco estar ocultándoselo a algunos de nuestros vecinos de la zona.

Entonces, como si lo animaran a regularizar su brusca confidencia, dijo:

—He venido a ver a mi primo en Torwood. Me llamo Horne Fisher. Puede que haya un retruécano en que me encuentre pasando el rato por aquí, ¿no es cierto?[1].

—¿Es sir Howard Horne su primo? —preguntó March—. Yo también me dirijo a verle en Torwood Park. Sólo por su trabajo público, por supuesto, y por su maravillosa posición defendiendo sus principios. Creo que este presupuesto es de lo mejor en la historia inglesa. Si fracasa, será el fracaso más heroico en la historia inglesa. ¿Es usted admirador de su ilustre pariente, señor Fisher?

—Mucho —dijo el señor Fisher—. Es el mejor tirador que conozco.

Entonces, como si estuviera sinceramente arrepentido por su indiferencia, añadió con una especie de entusiasmo:

—No, en serio, es un tirador magnífico.

Como espoleado por sus propias palabras, dio una especie de salto hacia las cornisas de roca que se cernían sobre él y las escaló con una repentina agilidad en sorprendente contraste con su lasitud general. Ya llevaba varios segundos arriba en el promontorio, con su aguileño perfil bajo el sombrero panamá silueteado contra el cielo, mirando hacia el campo, antes de que su acompañante se hubiera recompuesto lo suficiente como para trepar tras él.

El nivel superior era una extensión de césped común en el que las huellas del fatídico coche se habían abierto camino con facilidad. Pero el borde estaba roto como con dientes rocosos. Peñascos rotos de todas las formas y tamaños yacían cerca del borde. Era casi increíble

---

[1] Juego de palabras con el hecho de que su apellido, Fisher, significa «pescador». *(N. del T.)*

que cualquiera hubiera conducido deliberadamente hacia semejante trampa mortal, en especial a plena luz del día.

—No consigo entenderlo —dijo March—. ¿Estaba ciego? ¿O iba ciego?

—A juzgar por su aspecto, ni lo uno ni lo otro —contestó el otro.

—Entonces fue un suicidio.

—No parece una forma agradable de hacerlo —comentó el hombre llamado Fisher—. Además, de algún modo, no me imagino al pobre Puggy cometiendo suicidio.

—¿El pobre quién? —preguntó el asombrado periodista—. ¿Conocía a este desafortunado hombre?

—Nadie lo conocía con exactitud —respondió Fisher con cierta vaguedad—. Pero se le conocía, por supuesto. Había sido una auténtica pesadilla en su época, en el Parlamento y en los tribunales, y en mucho más, en especial en esa disputa sobre los extranjeros que eran deportados como indeseables, cuando quiso que colgaran a uno de ellos por asesinato. Estaba tan harto de todo que se jubiló como juez. Desde entonces va conduciendo solo por ahí, pero él también venía a pasar el fin de semana en Torwood. Y no veo por qué querría romperse el cuello de forma deliberada casi a las puertas de la finca. Creo que Hoggs —me refiero a mi primo Howard— iba a bajar especialmente para recibirlo.

—¿Tornwood Park no pertenece a su primo? —preguntó March.

—No. Solía pertenecerle a los Winthrop, ¿sabe? —replicó el otro—. Ahora está en posesión de un nuevo dueño. Un hombre de Montreal llamado Jenkins. Hoggs viene para las cacerías; ya le dije que es muy buen tirador.

Este repetido elogio sobre el gran estadista social afectó a Harold March como si alguien le hubiera definido a Napoleón como un distinguido jugador de naipes. Pero él ya albergaba otra impresión a medio formar que se encontraba en apuros en esta inundación de cosas desconocidas, y la trajo a la superficie antes de que pudiera desvanecerse.

—Jenkins —repitió—. ¿De seguro que no se refiere a Jefferson Jenkins, el reformador social? Me refiero al hombre que está luchando por el nuevo plan de viviendas rurales. Sería tan interesante conocerlo como a cualquier otro ministro del gabinete de todo el mundo, si me permite decirlo.

—Sí, Hoggs le dijo que tendría que haber viviendas —dijo Fisher—. Dijo que la cría de ganado había mejorado demasiado a menudo y la gente estaba empezando a reírse. Y, por supuesto, uno debía aferrarse al título, aunque el pobre no lo haya recibido todavía. ¡Anda! Aquí llega alguien más.

Habían comenzado a andar por las rodadas del coche, dejándolo atrás en la hondonada, donde seguía zumbando horriblemente como un enorme insecto que hubiera matado a un hombre. Las rodadas les llevaron hasta un recodo de la carretera, donde una de sus ramificaciones continuaba en la misma línea hasta las distantes puertas del parque. Estaba claro que el coche había bajado por la larga y recta carretera y, entonces, en vez de girar hacia la izquierda con la carretera, había seguido recto hacia la pendiente de su perdición. Pero no fue este descubrimiento lo que había captado la atención de Fisher, sino algo aún más sólido. En el ángulo de la blanca carretera, una oscura y solitaria figura se erguía casi tan quieta como un poste de señalización. Era la figura de un gran hombre con bastas prendas de cazador, sin sombrero, con despeinado cabello rizado que le confería un aspecto bastante salvaje. Al acercarse más, esa primera y más fantástica impresión se desvaneció; a plena luz, la figura adoptaba colores más convencionales, como los de un caballero ordinario que hubiera salido sin sombrero y sin cepillarse el cabello con meticulosidad. Pero la descomunal estatura permaneció, y algo profundo e incluso cavernoso en la configuración de sus ojos redimía su buena apariencia animal de ser común y corriente. Pero March no tuvo tiempo de estudiar al hombre con más detenimiento, ya que, para su máximo asombro, su guía simplemente soltó un «¡Hola, Jack!» y pasó de largo como si en realidad fuera un poste indicador, y sin intentar informarle de la catástrofe más allá de las rocas. Fue algo relativamente insignificante, pero fue tan sólo la primera de una serie de excentricidades sin parangón que su nuevo y excéntrico amigo le estaba mostrando.

El hombre que habían dejado atrás se los quedó mirando de un modo bastante sospechoso, pero Fisher continuó con serenidad su camino a lo largo de la recta carretera que llevaba más allá de las puertas de la gran finca.

—Ese es John Burke, el viajero —se dignó a explicar—. Espero que haya oído hablar de él; se dedica a la caza mayor. Siento no haberme detenido para presentárselo, pero me atrevo a decir que se lo encontrará más tarde.

—Conozco su libro, por supuesto —dijo March con renovado interés—. Es ciertamente una refinada descripción de cómo sólo se es consciente de la cercanía del elefante cuando la colosal cabeza bloquea la luna.

—Sí, el joven Halkett escribe muy bien, eso creo yo. ¿Qué? ¿No sabía que Halkett escribió el libro de Burke? Burke no sabe usar otra cosa más que su arma, y uno no puede escribir con una escopeta. Oh, él es auténtico a su manera, ya sabe, tan valiente como un león, o incluso mucho más valiente, según se dice.

—Usted parece saberlo todo sobre él —observó March, quien soltó una desconcertada risotada—, y sobre muchas otras personas.

El desnudo entrecejo de Fisher se frunció bruscamente y una curiosa expresión apareció en sus ojos.

—Sé demasiado —dijo—. Ese es el problema conmigo. Ese es el problema con todos nosotros, con todo el mundo: sabemos demasiado. Demasiado sobre los demás, demasiado sobre nosotros mismos. Es por eso por lo que, ahora mismo, estoy realmente interesado en una cosa que no sé.

—¿Y de qué se trata? —inquirió el otro.

—De por qué ese pobre hombre está muerto.

Ya llevaban recorridos casi dos kilómetros por la recta carretera, conversando de ese modo a intervalos, y March tenía la singular sensación de que todo el mundo estaba del revés. El señor Horne Fisher no insultaba especialmente a sus amigos y parientes de la sociedad elegante, ya que hablaba con afecto de algunos. Pero parecían pertenecer a un grupo de hombres y mujeres totalmente nuevo, que resultaban poseer las mismas características que los hombres y mujeres mencionados con frecuencia en los periódicos. Aun así, ninguna furia ni repulsión le había parecido más profundamente revolucionaria que esta fría familiaridad. Era como si la luz del día se filtrara para mostrar el lado oculto de un escenario teatral.

Llegaron a las puertas de entrada al parque y, para sorpresa de March, las cruzaron y continuaron por la interminable y recta carretera blanca. Pero él mismo llegaba demasiado temprano para su cita con sir Howard y se sentía inclinado a no perderse el final del experimento de su nuevo amigo, fuera cual fuera tal experimento. Habían dejado los páramos bien atrás y la mitad de la blanca carretera se veía gris bajo la gran sombra de los pinares de Torwood, cuyos pinos eran grises barrotes que se cerraban contra la luz del sol y fabricaban, en ese claro mediodía, su propia versión de la medianoche. Pronto, sin embargo, comenzaron a aparecer fisuras en ellos, como destellos a través de vidrieras; los árboles disminuían y desaparecían conforme la carretera continuaba, mostrando los salvajes e irregulares bosquecillos en los que, como había dicho Fisher, los invitados de la casa habían estado disparando todo el día. Y unos doscientos metros más allá, llegaron al primer recodo del camino.

En la esquina se encontraba una especie de deteriorada posada con un desgastado letrero que decía The Grapes. El letrero aparecía oscuro e indescifrable ahora, y colgaba negro contra el cielo y los grises páramos de más allá, tan apetecible como un patíbulo. March comentó que, a juzgar por las uvas del letrero, parecía una taberna en la que servirían vinagre en lugar de vino.

—Buena frase —dijo Fisher—, y así sería si uno fuera tan tonto como para beber vino aquí. Pero la cerveza es muy buena y el coñac también.

March le siguió hasta la barra con cierto asombro, y su leve sensación de repugnancia no fue descartada al posar su mirada por primera vez en el posadero, quien era absolutamente diferente a los afables posaderos de los romanceros: un hombre huesudo, muy silencioso tras su bigote negro, pero con oscuros ojos inquietos. Taciturno como era, el investigador tuvo éxito al fin y consiguió extraerle un fragmento de información a fuerza de pedir cerveza y hablar con él con persistencia y minuciosidad sobre el tema de los automóviles. Era evidente que consideraba al posadero, de un modo singular, como una autoridad en vehículos a motor, como si conociera los secretos más profundos del mecanismo, el manejo y la mala gestión de los automóviles, sosteniendo todo el rato la mirada del hombre de ojos brillantes como el Viejo Marinero del poema de Coleridge. De toda esa misteriosa conversación emergió al fin una especie de admisión de que un coche en particular, con una precisa descripción, se había detenido delante de la posada una hora antes, y que un anciano se había bajado de él porque necesitaba ayuda mecánica. Al preguntarle si el visitante requirió alguna otra ayuda, el posadero dijo brevemente que el anciano había llenado su petaca y había comprado un paquete de bocadillos. Y con esas palabras, el poco hospitalario anfitrión se marchó apresuradamente del bar y pudieron oírle dar portazos en el oscuro interior.

Los cansados ojos de Fisher se pasearon por el polvoriento y deprimente salón de la posada y se posaron soñadores en una vitrina de cristal que contenía un pájaro disecado, con un arma colgada de ganchos sobre el ave, y que parecía ser su único adorno.

—Puggy era todo un bromista —observó—, al menos en su propio estilo, bastante sombrío. Pero me resulta un chiste demasiado macabro que un hombre compre un paquete de bocadillos cuando está a punto de suicidarse.

—Ahora que lo menciona —respondió March—, no es muy usual que un hombre compre un paquete de bocadillos cuando está a las puertas de una gran mansión en la que va a alojarse.

—No... no, no —repetía Fisher casi mecánicamente; y entonces, de repente, lanzó una mirada a su interlocutor con una expresión mucho más animada—. ¡Por Júpiter! Vaya idea. Tiene toda la razón. Y eso sugiere una teoría muy extraña, ¿verdad?

Se hizo el silencio y entonces March se sobresaltó con irracional nerviosismo cuando la puerta de la posada se abrió de golpe y otro hombre se encaminó con paso rápido hacia la barra. La había golpeado con una moneda y había pedido un coñac antes de ver a los otros dos clientes, que estaban sentados a una desnuda mesa de madera bajo la ventana. Cuando se giró con una mirada bastante salvaje, March volvió a sentir otra emoción inesperada, ya que su guía llamó al hombre Hoggs y se lo presentó como sir Howard Horne.

Parecía bastante más mayor que en sus juveniles retratos de las revistas ilustradas, como es el estilo de los políticos. Su liso pelo rubio estaba teñido de canas, pero su rostro era casi cómicamente redondo, con una nariz romana que, al combinarla con sus vivaces y brillantes ojos, recordaba vagamente a un loro. Llevaba una gorra casi en la coronilla y una escopeta bajo el brazo. Harold March había imaginado muchas cosas sobre su reunión con el gran reformador político, pero nunca se lo había imaginado con un arma bajo el brazo y bebiendo coñac en un *pub*.

—Así que tú también te alojas con Jinks —dijo Fisher—. Todo el mundo parece estar en casa de Jinks.

—Sí —respondió el ministro de Hacienda—. Muy buen lugar para disparar. Al menos cuando no es Jinks el que dispara. Nunca he conocido a un tipo con un coto de caza tan bueno y que sea tan mal tirador. Eso sí, es un tipo excelente y todo eso. No diré ni una palabra contra su persona. Pero nunca aprendió a sostener una escopeta cuando estaba empaquetando cerdo o lo que fuera que hiciese. Dicen que arrancó de un disparo la escarapela del sombrero de su propio sirviente. Típico de él tener escarapelas, por supuesto. También le pegó un tiro a la veleta de su ridículo y dorado invernadero. Uno debe pensar que es el único gallo que matará nunca. ¿Te diriges hacia allí ahora?

Fisher, dijo, de un modo bastante vago, que le seguiría pronto, cuando hubiera arreglado algo, y el ministro de Hacienda salió de la posada. March se imaginó que había parecido un poco disgustado o impaciente cuando pidió el coñac, pero había vuelto a un estado satisfactorio con su conversación, aunque la charla no había sido lo que su visitante literario había esperado. Fisher, unos minutos después, emprendió el camino despacio fuera de la taberna y se detuvo en mitad de la carretera, mirando en la dirección desde la que habían llegado. Luego caminó unos doscientos metros en esa dirección y volvió a detenerse.

—Creo que este debe de ser el lugar —dijo.

—¿Qué lugar? —preguntó su acompañante.

—El lugar donde el pobre hombre fue asesinado —dijo Fisher con tristeza.

—¿Qué quiere decir? —exigió March—. Se estrelló contra las rocas a unos tres kilómetros desde aquí.

—No —replicó Fisher—. No cayó contra las rocas en absoluto. ¿No se dio cuenta de que sólo cayó por la pendiente de suave hierba de debajo? Pero vi que ya le había alcanzado una bala.

Hizo una pausa antes de proseguir.

—Estaba vivo en la posada, pero llevaba un rato muerto antes de llegar a las rocas. De modo que le dispararon mientras conducía su coche por este tramo de carretera recta, y creo que fue en algún lugar por aquí. Después, por supuesto, el coche continuó en línea recta sin que nadie lo detuviera o lo hiciera girar. En realidad, es una triquiñuela muy astuta, en cierto modo, ya que el cuerpo sería encontrado lejos y la mayoría de la gente diría, como usted, que fue un accidente de automóvil. El asesino debe de haber sido un bruto muy inteligente.

—Pero ¿no habrían oído el disparo en la posada o en algún otro lugar? —preguntó March.

—Lo habrían oído. Pero no les habría extrañado. Ahí —continuó el investigador—, es donde volvió a ser inteligente. Han estado disparando todo el día por todo el lugar; es muy probable que calculara su disparo para que se perdiera entre muchos otros. Ciertamente ha sido un criminal de primera clase. Y también fue algo más.

—¿A qué se refiere? —preguntó su acompañante, quien albergaba la siniestra premonición de que algo, no sabía el qué, estaba a punto de suceder.

—Era un tirador de primera categoría —dijo Fisher. Le dio la espalda bruscamente y se encaminó por un estrecho sendero de hierba, poco más que un camino rural, que se extendía enfrente de la posada y marcaba el fin de la gran finca y el comienzo de los abiertos páramos. March caminaba lentamente tras él con la misma ociosa perseverancia, y se descubrió mirando a través de un hueco de enormes rastrojos y espinas la cara plana de una empalizada pintada. Detrás de la empalizada se elevaban las grandes columnas grises de una hilera de álamos, que llenaban el cielo que los cubría de sombras verde oscuro y se sacudían débilmente en el viento que se había ido reduciendo hasta convertirse en brisa. La tarde ya estaba dando paso al crepúsculo, y las titánicas sombras de los álamos se alargaban por un tercio del paisaje.

—¿Eres un criminal de primera clase? —preguntó Fisher en tono jovial—. Me temo que yo no. Pero creo que puedo conseguir ser una especie de ladrón de cuarta categoría.

Y antes de que su acompañante pudiera responder, ya había conseguido encaramarse y pasar sobre la valla. March lo siguió sin mucho esfuerzo físico, pero con considerable perturbación mental. Los álamos crecían tan cerca de la empalizada que tuvieron algo de dificultad para pasar entre ellos, y más allá de los álamos sólo pudieron ver un alto seto de laurel, verde y lustroso bajo el sol nivelador. Algo en estos límites impuestos por una serie de muros vivos hizo que se sintiera como si de verdad estuviera entrando en una destrozada casa en lugar de en un campo abierto. Era como si entrara por una puerta o ventana en desuso y encontrara el camino bloqueado por muebles. Cuando hubieron rodeado el seto de laurel, salieron a una especie de terraza de hierba, que caía por un verde peldaño hacia un césped rectangular como una cancha de bolos. Más allá se encontraba el único edificio a la vista: un bajo invernadero que parecía estar lejos de todo, como una casita de cristal en sus propios terrenos en el país de las hadas. Fisher conocía el solitario aspecto de las zonas periféricas de una gran mansión bastante bien. Se daba cuenta de que así era más una sátira de la aristocracia que si estuviera ahogado por la maleza y lleno de ruinas. Porque no estaba descuidado y aun así estaba desierto; en cualquier caso, estaba en desuso. Lo barren y lo engalanan con regularidad para un señor que nunca lo visita.

Examinando el césped, sin embargo, vio un objeto que, al parecer, no había esperado. Se trataba de una suerte de trípode donde se apoyaba un gran disco, como la tapa redonda de una mesa ladeada, y no fue hasta que se dejaron caer en el césped y se acercaron a mirarlo que March se percató de que era una diana. Estaba gastada y manchada por la climatología; los alegres colores de sus anillos concéntricos estaban descoloridos. Era posible que la hubieran montado en esos lejanos días victorianos en los que el tiro con arco estaba de moda. March tuvo una de sus vagas visiones de señoras con turbios miriñaques y caballeros con estrafalarios sombreros y patillas visitando de nuevo, como fantasmas, ese jardín perdido.

Fisher, que estaba mirando la diana con más detenimiento, le sobresaltó al soltar una exclamación.

—¡Vaya! —dijo—. Alguien ha estado acribillando esta cosa a tiros, después de todo, y bastante recientemente, además. Lo que creo es que el viejo Jinks ha estado intentando mejorar su mala puntería aquí.

—Sí, y parece que todavía precisa mejoría —respondió March entre risas—. Ninguno de esos disparos está cerca del centro de la diana. Parecen estar diseminados a lo loco.

—A lo loco —repitió Fisher, que seguía mirando la diana con atención. Parecía que tan sólo mostraba su acuerdo, pero March se figuró que sus ojos brillaban bajo sus soñolientos párpados y que incorporó su encorvada figura con un extraño esfuerzo.

—Discúlpeme un momento —dijo al tiempo que buscaba algo en sus bolsillos—. Creo que tengo algunos de mis productos químicos y después iremos a la casa.

Volvió a agacharse sobre la diana para colocar con el dedo algo sobre cada uno de los agujeros de bala. Hasta donde podía ver March, no era más que una mancha de un gris deslavazado. Luego se dirigieron bajo el creciente ocaso, por las largas avenidas verdes, hacia la gran mansión.

Una vez allí, empero, el excéntrico investigador no entró por la puerta principal. Dio la vuelta a la casa hasta que encontró una ventana abierta y, saltando por ella, introdujo a su amigo en lo que parecía ser el cuarto de armas. Filas de los habituales instrumentos para derribar aves se apoyaban contra las paredes. Pero sobre una mesa junto a la ventana yacían un par de armas de un calibre más pesado y formidable.

—¡Vaya! Estos son los rifles de caza mayor de Burke —dijo Fisher—. Nunca hubiera imaginado que los guardaba aquí.

Levantó uno de ellos, lo examinó brevemente y lo volvió a dejar en su lugar mientras fruncía el ceño con fuerza. Casi al instante, un extraño joven entró deprisa en la habitación. Era moreno y robusto, con una frente abultada y mandíbula de *bulldog*. Se dirigió a ellos con una seca disculpa.

—Dejé los rifles del mayor Burke aquí —dijo—, y quiere que los recoja. Se marcha esta noche.

Y se llevó los dos rifles sin mirar al extraño. Por la ventana abierta pudieron ver su baja y oscura figura, alejándose por el tenue jardín. Fisher volvió a salir por la ventana y se lo quedó mirando.

—Ese es Halkett, de quien ya le he hablado —dijo—. Sabía que era una especie de secretario y que tenía que ver con los documentos de Burke, pero no sabía que tuviera nada que ver con sus rifles. Pero es el tipo de tunante sensible y silencioso al que podría dársele bien cualquier cosa. El tipo de hombre al que conoces durante años antes de descubrir que es campeón de ajedrez.

Había comenzado a andar en la dirección del desaparecido secretario y pronto llegaron a ver al resto de los invitados de la casa, que charlaban y reían en el césped. Pudieron ver la alta figura y la melena suelta del león cazador que dominaba el pequeño grupo.

—Por cierto —observó Fisher—, cuando estuvimos hablando sobre Burke y Halkett, dije que un hombre no podía escribir muy bien con una escopeta. Bien, no estoy tan seguro ahora. ¿Ha oído hablar alguna vez de un artista tan listo que pudiera dibujar con una escopeta? Hay uno maravilloso suelto por aquí.

Sir Howard llamó a Fisher y a su amigo periodista casi con bulliciosa amabilidad. El periodista fue presentado al mayor Burke y al señor Halkett, y también (a modo de paréntesis) a su anfitrión, el señor Jenkins, un hombrecillo común y corriente vestido de llamativo *tweed,* y a quien todos los demás parecían tratar con una especie de afecto como si fuera un bebé.

El incontrolable ministro de Hacienda seguía hablando sobre las aves que había derribado, los pájaros que Burke y Halkett habían derribado, y los pájaros que Jenkins, su anfitrión, no había conseguido derribar. Parecía ser una especie de sociable monomanía.

—Usted y su caza mayor —exclamaba con agresividad, dirigiéndose a Burke—. ¿Y qué? Cualquiera puede disparar a las grandes piezas. Si quiere ser buen tirador, dispárele a la caza menor.

—Exacto —intervino Horne Fisher—. Si tan sólo un hipopótamo pudiera emprender el vuelo desde ese arbusto, o si guardara elefantes voladores en la finca, pues entonces...

—Pues entonces hasta Jenkins podría acertarle a ese tipo de ave —exclamó sir Howard. Le dio una palmada llena de hilaridad en la espalda a su anfitrión—. Incluso él podría acertarle a un pajar o a un hipopótamo.

—Miren, amigos —dijo Fisher—. Quiero que vengan conmigo por un momento y disparen a otra cosa. No a un hipopótamo, sino a otra especie de extraño animal que he encontrado en la finca. Es un animal de tres patas y un ojo, y posee todos los colores del arcoíris.

—¿De qué demonios está hablando? —preguntó Burke.

—Vengan y lo verán —replicó Fisher con tono alegre.

Tales personas rara vez rechazan algo ridículo, ya que siempre están buscando algo nuevo. Se rearmaron con gravedad en el cuarto de armas y marcharon en pos de su guía. Sir Howard sólo se detuvo, en una suerte de éxtasis, para señalar el celebrado invernadero dorado sobre el que la veleta dorada seguía torcida. El crepúsculo había dado paso a la oscuridad para cuando llegaron al remoto césped junto a los álamos y aceptaron el nuevo y aleatorio juego de dispararle a la vieja diana.

La última luz pareció desvanecerse del césped, y los álamos contra la puesta de sol eran como grandes penachos sobre una carroza fúnebre morada, cuando la fútil procesión giró finalmente y se situó delante del blanco. De nuevo, sir Howard palmeó la espalda del anfitrión, empujándole como de chanza para que realizara el primer disparo. El hombro y el brazo que tocó le parecieron anormalmente rígidos y angulosos. El señor Jenkins sujetaba su escopeta con una actitud más torpe de la que cualquiera de sus satíricos amigos hubiera visto o esperado.

En el mismo instante, un horrible grito pareció surgir de ninguna parte. Fue tan antinatural y tan inapropiado para la escena que podría haber sido proferido por algún ser inhumano que los sobrevolara o los espiara desde los oscuros bosques que los rodeaban. Pero Fisher sabía que había surgido y desaparecido en los labios de Jefferson Jenkins, de Montreal, y nadie que en ese momento pudiera ver el rostro de Jefferson Jenkins se habría quejado de que fuera común y corriente. Al instante siguiente, un torrente de palabrotas guturales pero animadas brotaron del mayor Burke cuando él y los otros dos hombres vieron lo que había frente a ellos. La diana se alzaba ante ellos en el tenue césped como un oscuro duende sonriente, y les estaba sonriendo literalmente. Tenía dos ojos como estrellas y, en similares puntos de luz lívida, se distinguían las dos fosas nasales, respingonas y abiertas, y los dos extremos de una ancha y apretada boca. Varios puntos blancos sobre cada ojo indicaban las canosas cejas; una de ellas subía casi erecta. Era una brillante caricatura realizada con brillantes líneas punteadas, y March supo de quién se trataba. Brillaba en el oscuro césped, embadurnada de fuego marino como si uno de los monstruos submarinos se hubiera arrastrado hasta el jardín crepuscular, pero con la cabeza de un hombre muerto.

—Sólo es pintura luminiscente —dijo Burke—. El bueno de Fisher nos ha gastado una broma con esas fosforescencias suyas.

—Parece que la broma iba dirigida al viejo Puggy —observó sir Howard—. Se le parece mucho.

Y entonces todos rieron, menos Jenkins. Cuando todos hubieron acabado de reír, él hizo un sonido que sonó al primer intento de un animal por reír, y Horne Fisher se acercó a él de repente y dijo:

—Señor Jenkins, debo hablar con usted en privado. De inmediato.

Fue junto al pequeño riachuelo de los páramos, en la pendiente bajo el saliente rocoso, donde March se reunió con su nuevo amigo Fisher, previa cita, poco después de que la fea y casi grotesca escena hubiera disuelto el grupo en el jardín.

—Fue una de mis travesuras —observó Fisher con tristeza—, lo de poner fósforo en la diana. Pero la única ocasión de sobresaltarlo era mostrarle los horrores de repente. Y cuando vio el rostro al que le había disparado brillando en la diana en la que había estado practicando, toda iluminada con una luz infernal, se sobresaltó. Y bastante para mi propia satisfacción intelectual.

—Me temo que no lo entiendo ni siquiera ahora —dijo March—. Exactamente, ¿qué hizo o por qué lo hizo?

—Debería entenderlo —replicó Fisher con su muy triste sonrisa—, ya que fue usted quien me proporcionó la primera sugerencia. Oh sí, lo hizo, y fue una sugerencia muy astuta. Usted dijo que un hombre no llevaría bocadillos para ir a cenar a una gran mansión. Eso es muy cierto. Se me ocurrió de repente que probablemente esperaba que la visita fuera desagradable, o que la recepción fuera dudosa, o algo que le evitara aceptar la hospitalidad. Entonces se me vino a la mente que Turnbull había sido en el pasado la pesadilla de ciertos personajes turbios, y que él había acudido para identificar y denunciar a uno de ellos. Todo apuntaba desde el principio al anfitrión, es decir, a Jenkins. Estoy moralmente seguro ahora de que Jenkins era el extranjero indeseable al que Turnbull quiso condenar por otro asunto con disparos, pero ya ve que el caballero tirador se guardaba otra bala en la recámara.

—Pero usted dijo que tendría que ser muy buen tirador —protestó March.

—Jenkins es muy buen tirador —dijo Fisher—. Un tirador tan bueno que sabe fingir ser muy mal tirador. ¿Quiere que le cuente la segunda pista que encontré, después de la suya, y que me hizo pensar que fue Jenkins? Fue el relato de mi primo sobre su mala puntería. Le disparó a una escarapela en un sombrero y a una veleta sobre un edificio. Ahora bien, un hombre debe disparar extremadamente bien para disparar así de mal. Debe ser un tirador muy preciso para darle a la escarapela y no a la cabeza, o incluso al sombrero. Si los disparos hubieran sido realmente tan erráticos, las probabilidades de no haberle acertado a tales prominentes y pintorescos objetos sería de mil a uno. Fueron elegidos porque son objetos prominentes y pintorescos. Crean una buena historia para que circule en sociedad. Mantiene la torcida veleta en el invernadero para perpetuar la historia de una leyenda. Y entonces espera al acecho con su mirada torva, oculto y a salvo tras la leyenda de su propia incompetencia.

»Pero hay más que eso. Está el propio invernadero. Me refiero al edificio en sí. Ahí está todo por lo que Jenkins recibe burlas, el dorado y los colores chabacanos y toda la vulgaridad que se supone lo marca como advenedizo, como un arribista. Ahora, de hecho, los arribistas no hacen eso. Dios sabe que ya hay demasiados advenedizos en sociedad y se los conoce demasiado bien. Y esto es lo último que harían. En general están ansiosos por saber qué es lo correcto para hacerlo. Al instante se dedican en cuerpo y alma a buscar decoradores de arte y expertos en arte para que lo hagan todo por ellos.

»Apenas existe otro millonario que sienta el valor moral de grabar un monograma dorado en una silla en el cuarto de armas. Es más, hay un nombre junto al monograma. Los nombres como Tompkins o Jenkins o Jinks son graciosos sin ser vulgares. Me refiero a que son vulgares sin ser comunes. Si lo prefiere, son corrientes sin ser comunes. Son sólo los nombres que se eligen para *parecer* ordinarios, pero que en realidad son extraordinarios. ¿Conoce a mucha gente que se llame Tompkins? Es mucho más raro que Talbot. Y lo mismo ocurre con la cómica vestimenta del advenedizo. Jenkins se viste como un personaje de polichinela. Pero eso es porque es un personaje de polichinela. Me refiero a que es un personaje ficticio. Es un animal mítico. No existe.

»¿Ha considerado alguna vez cómo debe de ser convertirse en un hombre que no existe? Me refiero a ser un hombre con un personaje ficticio que tiene que mantener a expensas de su talento personal, pero no sólo de eso: necesita ser una nueva especie de hipócrita que oculta su talento bajo un nuevo envoltorio. Este hombre ha elegido su hipocresía con mucho ingenio, ya que fue realmente una nueva hipocresía. Un villano sutil se ha disfrazado de elegante caballero, respetable hombre de negocios, filántropo y santo, pero las chillonas prendas a cuadros de un cómico canalla eran todo un nuevo disfraz. Pero el disfraz debe de ser muy fastidioso para un hombre que realmente sabe hacer cosas. Se trata de un habilidoso golfillo que sabe hacer montones de cosas, no sólo disparar; también sabe dibujar y pintar, y es probable que toque el violín. Ahora bien, a un hombre así puede que le resulte útil ocultar sus talentos, pero nunca podría evitar querer usarlos cuando fueran inútiles. Si sabe dibujar, dibujará sin darse cuenta sobre papel secante.

»Sospecho que este granuja ha dibujado a menudo el rostro del pobre Puggy sobre papel secante. Es probable que comenzara haciéndolo con manchas, ya que después lo hizo con puntos o, más bien, con disparos. Era lo mismo. Encontró una diana abandonada en un patio desierto y no pudo evitar deleitarse con unos disparos secretos, como quien bebe en secreto. Usted pensó que los disparos estaban dispersos y eran irregulares, y sí que lo eran, pero no por accidente. No había dos distancias iguales, pero los diferentes puntos estaban exactamente donde él había querido situarlos. No hay nada que necesite tal matemática precisión como una feroz caricatura. Yo mismo he probado a dibujar, y le aseguro que colocar un punto donde uno quiere es una maravilla con un lápiz cerca de una hoja de papel. Fue un milagro conseguirlo con una escopeta desde el otro lado del jardín. Pero un hombre que puede obrar tales milagros siempre ansiará realizarlos, sobre todo si puede hacerlos a escondidas.

Tras una pausa, March hizo una observación en tono pensativo.

—Pero él no podría haberlo derribado como a un pájaro con una de esas escopetas de pequeño calibre.

—No, y por eso entré en el cuarto de armas —replicó Fisher—. Lo hizo con uno de los rifles de Burke, y Burke creyó haber reconocido su sonido. Por eso salió corriendo sin sombrero y con aspecto salvaje. No vio nada más que un coche que pasaba a toda velocidad, al cual siguió durante un rato, y luego concluyó que debía de haberse confundido.

Hubo otro silencio, durante el cual Fisher se sentó sobre una piedra grande, tan inmóvil como en su primer encuentro, y observó el riachuelo gris plata que se arremolinaba al pasar bajo los arbustos. Entonces March habló con brusquedad.

—Por supuesto, él sabe la verdad ahora.

—Nadie conoce la verdad más que usted y yo —contestó Fisher con un cierto tono suave en su voz—. Y no creo que usted y yo vayamos a discutir alguna vez.

—¿Qué quiere decir? —preguntó March con tono alterado—. ¿Qué ha hecho al respecto?

Horne Fisher continuó mirando fijamente la turbulenta corriente. Al fin, dijo:

—La policía ha demostrado que fue un accidente de automóvil.

—Pero usted sabe que no fue así.

—Le dije que sé demasiado —respondió Fisher con los ojos clavados en el río—. Sé eso y también sé muchas cosas más. Conozco el ambiente y el modo en que todo funciona. Sé que este tipo ha tenido éxito al convertirse en algo firmemente ordinario y cómico. Sé que usted no puede conseguir que detengan a las marionetas del polichinela. Si yo les contara a Hoggs o a Halkett que el pobrecito Jinks es un asesino, casi se morirían de la risa delante de mí.

»Oh, no digo que sus risas sean del todo inocentes, pero son genuinas a su manera. Ellos quieren al viejo Jinks y no podrían prescindir de él. No digo que yo sea del todo inocente. Hoggs me cae bien y no quiero que se quede sin hogar, y él estaría acabado si Jinks no pudiera pagar su corona. Estuvieron diabólicamente cerca de ganar las últimas elecciones. Pero la única objeción real para ello es que es imposible. Nadie lo creerá, no entra en sus planes. La veleta torcida siempre lo convertirá en un chiste.

—¿No cree que esto es infame? —preguntó March con voz queda.

—Creo muchas cosas —replicó el otro—. Si las personas consiguen destruir toda la maraña de la sociedad haciéndola volar por los aires con dinamita, no creo que la raza humana se viera muy perjudicada. Pero no sea demasiado duro conmigo simplemente porque sé lo que la sociedad es. Es por eso por lo que dedico mi tiempo a ensoñaciones sobre cosas como peces hediondos.

Hubo una pausa mientras volvía a acomodarse junto al riachuelo, y luego añadió:

—Le dije antes que tenía que devolver los peces gordos al río.

CAPÍTULO II

El príncipe fugaz

Esta historia comienza entre una maraña de cuentos acerca de un nombre que es a la vez reciente y legendario. El nombre es el de Michael O'Neill, popularmente llamado príncipe Michael, en parte porque proclamó ser descendiente de los antiguos príncipes fenianos, y en parte porque se le atribuyó un plan para convertirse en príncipe presidente de Irlanda, como hizo el último Napoleón en Francia. Era sin duda un caballero de honorable linaje y de muchos logros, pero dos de sus logros emergían de entre todos los demás. Tenía talento para aparecer cuando no se le quería y talento para desaparecer cuando se le requería, especialmente cuando era buscado por la policía. Debe añadirse que sus desapariciones eran más peligrosas que sus apariciones. En estas últimas, él rara vez iba más allá de lo sensacional: pegar carteles sediciosos, arrancar carteles oficiales, dar discursos extravagantes, o desplegar banderas prohibidas. Pero para efectuar las desapariciones, a veces luchaba por su libertad con alarmante energía, de cuya lucha los hombres tenían a menudo la suerte de escapar con la cabeza rota y no el cuello. Sus más famosas hazañas del escapismo, sin embargo, se debían a su destreza y no a la violencia. Una despejada mañana veraniega caminaba por una carretera rural, blanca por el polvo, y se detuvo ante una granja, donde le dijo a la hija del granjero, con elegante indiferencia, que la policía local lo estaba persiguiendo. El nombre de la muchacha era Bridget Royce, con un tipo de belleza sombría e incluso taciturna, y lo miró con pesimismo, como si dudara, antes de decirle:

—¿Quiere que le esconda?

Ante lo cual, él tan sólo rio, saltó con facilidad el muro de piedra, y se acercó a la granja a zancadas mientras lanzaba un despreocupado comentario por encima del hombro.

—Gracias, pero por lo general soy muy capaz de esconderme yo mismo.

Al decir eso actuó con una trágica ignorancia de la naturaleza femenina; y así, sobre su soleado camino cayó una sombra de fatalidad.

Mientras desaparecía en la granja, la muchacha permaneció unos instantes mirando hacia la carretera, y dos sudorosos policías llegaron levantando una polvareda a su paso a la puerta donde ella se encontraba. Aunque seguía enfadada, permaneció en silencio y, un cuarto de hora más tarde, los oficiales habían registrado la casa y ya estaban inspeccionando el huerto y los maizales de detrás de la casa. En la fea reacción de su humor, podría incluso haberse sentido tentada de delatar al fugitivo, de no ser por la pequeña dificultad que entrañaba el hecho de que ella no tenía más idea que los policías de dónde podía haberse metido. El huerto estaba rodeado por un muro muy bajo, y los maizales de más allá estaban en oblicuo, como un terreno cuadrado sobre una gran colina verde, sobre los que se le habría divisado como un punto en la distancia. Todo parecía sólido en su lugar familiar: el manzano era demasiado pequeño para que alguien trepara o se escondiera; el único cobertizo estaba abierto y obviamente vacío; no había más sonidos que el zumbido de las moscas veraniegas y el ocasional aleteo de un pájaro que se hubiera visto sorprendido por el espantapájaros del campo; apenas se veía una sombra a excepción de varias líneas azules que procedían del delgado árbol, y cada detalle era escogido por la brillante luz del día como en un microscopio. La muchacha describió la escena más tarde, con todo el apasionado realismo de su raza, y, sin importar si los policías tenían un ojo similar para lo pintoresco, al menos tenían buen ojo para los hechos del caso, y se vieron impelidos a abandonar la persecución y a retirarse de la escena. Bridget Royce se quedó como en trance, mirando fijamente el huerto bañado por el sol en el que un hombre se había desvanecido como las hadas. Aún seguía de malhumor, y el milagro se apoderó de su mente con carácter de hostilidad y temor, como si el hada fuera decididamente un hada malvada. El sol que caía sobre el refulgente huerto la deprimía más que la oscuridad, pero continuó con la mirada fija en él. Entonces el mundo mismo se volvió loco y ella empezó a gritar. El espantapájaros se movió bajo la luz del sol. Se había puesto en pie, dándole la espalda con un destartalado sombrero negro y unas prendas desharrapadas, y con todos sus harapos ondeando tras de sí, se alejó hacia la colina.

Ella no analizó el audaz truco con el que el hombre había usado a su favor los sutiles efectos de lo esperado y lo obvio. Ella continuaba bajo la nube de complejidades más individuales y notó, sobre todas las cosas, que el espantapájaros fugitivo ni siquiera se giró para mirar la granja. Y los hados que se presentaban tan adversos a su fantástica carrera de libertad decretaron que su próxima aventura, aunque tuvo el mismo éxito en otros aspectos, aumentara el peligro en lo tocante a las mujeres. Entre las muchas aventuras similares que se le atribuyen, también se decía que, unos días más tarde, otra chica, de nombre Mary Cregan, le encontró escondido en la granja en la que trabajaba. Y, si la historia es cierta, ella también debió de sufrir la conmoción de una experiencia insólita, ya que cuando se encontraba ocupada con una solitaria tarea en el patio, oyó una voz que le hablaba desde el pozo y descubrió que el excéntrico había conseguido dejarse caer en el cubo que estaba bien abajo, con el pozo parcialmente lleno de agua. En este caso, sin embargo, tuvo que apelar a la mujer para que accionara la polea y poder salir. Y dicen los hombres que fue cuando esta noticia llegó a oídos de Bridget Royce que su alma cruzó la línea de la traición.

Esas eran, al menos, las historias que se contaban de él en el campo, y había muchas más, como la de que se había quedado con insolencia, vestido con una espléndida bata verde, en los peldaños de un gran hotel para luego guiar a la policía en una persecución por una larga suite de grandiosos apartamentos. Finalmente pasó por su propio dormitorio hasta el balcón que colgaba sobre el río. En el momento en el que sus perseguidores salieron al balcón, este se desplomó bajo sus pies y cayeron desordenados a las turbulentas aguas mientras Michael, que se había quitado la bata y se había lanzado de cabeza, pudo alejarse nadando. Se dice que había cortado con cuidado los soportes para que no aguantaran nada tan pesado como un policía. Pero aquí, de nuevo, fue inmediatamente afortunado, aunque desafortunado al final, ya que se dice que uno de los hombres se ahogó, dejando una disputa familiar que creó una pequeña fisura en su popularidad. Estas historias pueden contarse ahora con detalle, no porque sean las más maravillosas de sus múltiples aventuras, sino porque sólo estas no estaban protegidas con el silencio por la lealtad del campesinado. Sólo estas encontraron su camino en los informes oficiales, y son estas las que tres de los principales oficiales del condado estaban leyendo y discutiendo cuando comienza la parte más extraordinaria de esta historia.

La noche estaba bien avanzada y las luces brillaban en la cabaña que servía de comisaría temporal cerca de la costa. A un lado se encontraban las últimas casas de la extendida aldea, y al otro lado nada más que un páramo baldío que se extendía hasta el mar, cuya línea no la rompía ningún punto de referencia, a excepción de una solitaria torre del estilo prehistórico que aún puede hallarse en Irlanda, erecta y tan esbelta como una columna, pero acabada en punta como una pirámide. A una mesa de madera delante de la ventana, que normalmente miraba a ese paisaje, se sentaban dos hombres vestidos de paisano, pero con cierta apostura militar, ya que de hecho se trataba de los dos jefes del servicio de policía de ese distrito. El mayor de los dos, tanto en edad como en rango, era un robusto hombre con una corta barba blanca y glaciales cejas permanentemente fruncidas, lo que sugería más preocupación que severidad.

Su nombre era Morton. Era un hombre de Liverpool, curtido desde hacía mucho en disputas irlandesas, y cumplía con su deber entre ellos de un modo agrio que no era del todo antipático. Le había dicho algunas frases a su compañero, Nolan, un hombre alto y moreno con un cadavérico y equino rostro irlandés, cuando pareció recordar algo y tocó una campana que resonó en otra habitación. El subordinado al que había llamado apareció de inmediato con un pliego de papeles en la mano.

—Siéntese, Wilson —dijo—. Supongo que esas son las declaraciones.

—Sí —replicó el tercer oficial—. Creo que he obtenido todo lo que se podía de ellos, así que envié a la gente a sus casas.

—¿Ha prestado declaración Mary Cregan? —preguntó Morton, con el ceño fruncido aún más de lo habitual.

—No, pero su patrón sí lo hizo —contestó el hombre llamado Wilson, con su lacia y roja cabellera, y con su soso y pálido rostro que no carecía de agudeza—. Creo que él mismo corteja a la joven y se quiere quitar a los rivales de en medio. Siempre hay alguna razón de ese tipo cuando nos cuentan la verdad sobre algo. Y puede apostar a que la otra muchacha dijo suficiente.

—Bueno, esperemos que nos sean de utilidad —comentó Nolan, con tono algo desesperado, mirando hacia la oscuridad.

—Cualquier cosa es buena —dijo Morton—, si nos permite saber algo sobre él.

—¿Sabemos algo de él? —preguntó el melancólico irlandés.

—Sabemos una cosa sobre él —dijo Wilson—, y es lo único que nadie ha sabido antes. Sabemos dónde está.

—¿Está seguro? —preguntó Morton, quien lo miraba con agudeza.

—Bastante seguro —replicó su ayudante—. En este preciso instante se encuentra en esa torre que está allí junto a la orilla. Si se acerca lo suficiente verá la vela que arde en la ventana.

Mientras hablaba, el sonido de una bocina sonó en la carretera, y un momento después oyeron el zumbido de un automóvil que se detenía ante la puerta. Morton se puso de pie de inmediato.

—Gracias a Dios, ese es el coche que viene de Dublín —dijo—. No puedo hacer nada sin una autoridad especial, no si él está sentado en lo alto de la torre sacándonos la lengua. Pero el jefe puede hacer lo que considere pertinente.

Se apresuró hacia la entrada y pronto estuvo intercambiando saludos con un hombre grande y apuesto que vestía un abrigo de piel, y que trajo a la deslucida comisaría el indescriptible brillo de las grandes ciudades y los lujos del gran mundo. Ya que se trataba de sir Walter Carey, un oficial de tal eminencia en el Castillo de Dublín que nada más que el caso del príncipe Michael podría haber conseguido que se embarcara en semejante viaje en mitad de la noche. Pero el caso del príncipe Michael, casualmente, se veía complicado por el rigor legal, así como por su ilegalidad. En la última ocasión, él había escapado por una objeción forense y no, como era habitual, por una escapada privada; la cuestión era si, en ese momento, era responsable ante la ley. Podría ser necesario hacer concesiones, pero un hombre como sir Walter podría hacer tantas como quisiera.

Si pretendía hacerlo era una cuestión que considerar. A pesar del casi agresivo toque de lujo del abrigo de piel, pronto resultó evidente que la gran cabeza leonina de sir Walter se usaba para el intelecto igual que para el adorno, y él consideró el asunto con la adecuada cordura y sobriedad. Cinco sillas se colocaron alrededor de la sencilla mesa, porque, por supuesto, sir Walter había traído consigo a su joven pariente y secretario, Horne Fisher. Sir Walter escuchaba con grave atención, y su secretario con educado aburrimiento, la serie de episodios durante los cuales la policía había seguido al rebelde a la fuga desde las escaleras del hotel hasta la solitaria torre junto al mar. Al menos ahí estaba arrinconado entre los páramos y los cachones, y el explorador enviado por Wilson le informó de que estaba escribiendo a la luz de una solitaria vela, quizás componiendo otra de sus apoteósicas proclamas. De hecho, habría sido típico de él escoger este lugar para finalmente mantenerlos a raya. Él creía tener algún distante derecho sobre la torre, como si de un castillo familiar se tratara, y aquellos que le conocían le creían capaz de imitar a los primitivos caciques irlandeses, quienes caían luchando con el mar a sus espaldas.

—Cuando llegué vi que unas personas de aspecto extraño se marchaban —dijo sir Walter Carey—. Supongo que se trataba de sus testigos. Pero ¿por qué acudieron aquí a estas horas de la noche?

Morton sonrió con tristeza.

—Vienen aquí de noche porque, si vinieran aquí de día, sería su sentencia de muerte. Son criminales que cometen un crimen más horrible en estos lares que el robo o el asesinato.

—¿A qué crimen se refiere? —preguntó el otro con cierta curiosidad.

—A ayudar a las fuerzas de la ley —dijo Morton.

Se hizo el silencio y sir Walter examinó los documentos ante él con aire distraído. Al fin, habló.

—Muy bien, pero miren, si el sentimiento local está así de agitado, hay gran cantidad de temas a considerar. Creo que la nueva ley me permitirá capturarle ahora si considero que es lo mejor. Pero ¿es lo mejor? Un levantamiento grave no nos haría bien en el Parlamento, y el Gobierno tiene enemigos tanto en Inglaterra como en Irlanda. No servirá de nada que yo tome lo que se consideran medidas drásticas si eso va a provocar una revolución.

—Es todo lo contrario —dijo el hombre llamado Wilson con bastante precipitación—. Si lo arresta, esa revolución no será ni la mitad de lo que sería si lo deja suelto tres días más. Y, de todos modos, hoy en día no puede haber nada que la policía no pueda conseguir.

—El señor Wilson es londinense —dijo el policía irlandés con una sonrisa.

—Sí, soy *cockney*, ¿vale? —replicó Wilson—. Y creo que por eso soy mejor. Especialmente en este trabajo, por extraño que parezca.

Sir Walter parecía ligeramente divertido con la persistencia del tercer oficial, y quizás incluso más divertido por el leve acento con el que hablaba, que hacía que fuera innecesario que hiciera alarde de sus orígenes.

—¿Quiere decir —preguntó—, que usted sabe más sobre los asuntos de Irlanda porque ha llegado desde Londres?

—Suena gracioso, lo sé, pero lo creo —contestó Wilson—. Creo que estos asuntos precisan de métodos nuevos. Pero, más que nada, creo que necesitan una mirada nueva.

Los oficiales superiores se rieron y el pelirrojo continuó con un ligero toque de rabia.

—Bueno, contemplen los hechos. Vean cómo el tipo se escapó cada vez y entenderán lo que quiero decir. ¿Por qué pudo ocupar el lugar del espantapájaros, oculto por nada más que un sombrero viejo? Porque fue un policía de la aldea que sabía que el espantapájaros estaba allí, lo esperaba, y por lo tanto no le prestó atención. Ahora bien, yo nunca espero encontrarme con un espantapájaros. Nunca he visto uno en la calle y por eso me los quedo mirando cuando los veo en el campo. Es algo nuevo para mí y, por ello, digno de atención. Y fue lo mismo cuando se escondió en el pozo. Ustedes están preparados para encontrar un pozo en un lugar como aquel. Ustedes buscan un pozo y no lo ven. Yo no lo busco y, por lo tanto, lo veo.

—Ciertamente es una idea a tener en cuenta —dijo sir Walter con una sonrisa—. Pero ¿qué pasa con el balcón? Los balcones son una visión habitual en Londres.

—Pero no que haya ríos que pasen justo por debajo de ellos, como si fuera Venecia —replicó Wilson.

—Ciertamente es una idea novedosa —repitió sir Walter con algo parecido al respeto. Como miembro de las clases altas, sentía un gran amor por las nuevas ideas. Pero también poseía sentido crítico y se sentía inclinado a creer, tras su debida reflexión, que también era una idea veraz.

La llegada del alba ya había transformado los paneles de la ventana del negro al gris cuando sir Walter se levantó bruscamente. Los demás también se pusieron en pie; se tomaron el gesto como una señal de que el arresto iba a producirse. Pero su líder se quedó un momento perdido en sus pensamientos, como si fuera consciente de haber llegado a una bifurcación del camino a seguir.

De repente, el silencio se vio perforado por un largo lamento procedente de los oscuros páramos de allí fuera. El silencio que lo siguió pareció más sorprendente que el chillido mismo, y duró hasta que Nolan dijo con gravedad:

—Es la *banshee*. Cuando grita así es que alguien va a morir.

Su largo rostro de grandes rasgos estaba tan pálido como la luna, de modo que era fácil recordar que era el único irlandés en la sala.

—Pues conozco a esa *banshee* —dijo Wilson con tono alegre—, por mucho que penséis que no sé de estas cosas. Yo mismo hablé con esa criatura legendaria hace una hora, y envié a la *banshee* a la torre con la indicación de que gritara así si conseguía vislumbrar a nuestro amigo mientras escribe su proclama.

—¿Se refiere a esa muchacha, a Bridget Royce? —preguntó Morton, frunciendo sus blancas cejas—. ¿Ha testificado contra el imputado hasta ese punto?

—Sí —contestó Wilson—. Conozco muy poco de los asuntos locales, según me dicen, pero supongo que una mujer enfadada se comporta igual en todos los países.

Nolan, sin embargo, seguía de malhumor y diferente a su ser habitual.

—Es un feo sonido y un asunto del todo desagradable —dijo—. Si en realidad es el fin del príncipe Michael, bien podría ser también el fin de otras cosas. Cuando se lo propone, bien podría escapar sobre una montaña de muertos y vadear ese mar, aunque fuera uno de sangre.

—¿Es esa la auténtica razón de sus devotos recelos? —preguntó Wilson con leve desdén.

El pálido rostro del irlandés se oscureció con renovada pasión.

—Me he enfrentado a más asesinos en el condado de Clare de los que usted haya encontrado jamás en Clapham Junction, señor *cockney* —dijo.

—Silencio, por favor —dijo Morton con aspereza—. Wilson, usted no tiene ningún derecho a insinuar dudas sobre la conducta de su superior. Espero que demuestre ser tan valiente y digno de confianza como siempre lo ha sido.

El pálido rostro del pelirrojo parecía un tono más pálido, pero se mantuvo en silencio y sereno, y sir Walter se dirigió a Nolan con marcada cortesía:

—¿Podemos salir ahora a concluir este asunto?

Había amanecido, lo cual dejaba un amplio abismo blanco entre una gran nube gris y la gran extensión gris de los páramos, más allá de los cuales la torre se recortaba contra el alba y el mar.

Algo en su sencilla y primitiva forma sugería vagamente el amanecer de los primeros días de la tierra, en algún tiempo prehistórico cuando incluso los colores habían sido apenas creados, cuando sólo existía una vacía luz del día entre las nubes y la arcilla. Esos tonos estériles sólo se veían aliviados por un punto dorado: la chispa de la vela encendida en la ventana de la solitaria torre, que continuaba quemándose bajo la creciente luz diurna. Mientras el grupo de oficiales, seguidos por un cordón policial, se extendía en forma de medialuna para cortar toda huida, la luz en la torre parpadeó como movida por un instante y luego se apagó. Sabían que el hombre que estaba allí dentro se había percatado de la luz del día y había apagado su vela.

—Hay otras ventanas, ¿verdad? —preguntó Morton—. ¿Y, por supuesto, hay una puerta en alguna parte al girar la esquina? Sólo que una torre redonda no tiene esquinas.

—Otro ejemplo de mi pequeña sugerencia —observó Wilson en tono quedo—. Esa extraña torre fue lo primero que vi cuando llegué a estos lares, y puedo contarles un poco más sobre ella... o, en cualquier caso, sobre su exterior. Hay un total de cuatro ventanas. Una se encuentra un poco retirada de esta, justo fuera de nuestra vista. Ambas se encuentran en la planta baja, de igual modo que la tercera al otro lado, y todas ellas forman una especie de triángulo. Pero la cuarta ventana está justo encima de la tercera y supongo que está en un piso superior.

—Sólo es una especie de buhardilla a la que se llega por una escalera de mano —dijo Nolan—. Solía jugar allí cuando era niño. No es más que un cascarón vacío.

Su triste rostro se volvió más apesadumbrado, al pensar quizás en la tragedia de su país y la parte que él había jugado en ella.

—En cualquier caso, el hombre debe de haberse conseguido una mesa y una silla —dijo Wilson—, pero no hay duda de que podría haberlas cogido en cualquier cabaña. Si me permite una sugerencia, señor, creo que deberíamos abordar las cinco entradas a la vez, por así decirlo. Uno de nosotros debería ir hacia la puerta y otro a cada ventana. Macbride tiene una escalera para llegar a la ventana superior.

El señor Horne Fisher se giró lánguido hacia su distinguido pariente y habló por primera vez.

—Soy un converso de la escuela *cockney* de psicología —dijo con voz casi inaudible.

Los demás parecieron sentir la misma influencia de modos diferentes, ya que el grupo comenzó a dispersarse del modo indicado. Morton se dirigió hacia la ventana que quedaba justo frente a él, donde el fugitivo oculto acababa de apagar la vela. Nolan se alejó un poco hacia el oeste, hacia la siguiente ventana, mientras que Wilson, seguido de Macbride con la escalera, dio la vuelta hacia las dos ventanas de atrás. Sir Walter Carey, seguido de su secretario, comenzó a caminar hacia la única puerta para exigir que le permitieran pasar del modo más habitual.

—Estará armado, por supuesto —comentó sir Walter con indiferencia.

—Según dicen —replicó Horne Fisher—, puede hacer más daño con una vela que el resto de los hombres con una pistola. Pero es bastante seguro que también tenga un arma.

Mientras hablaba, la pregunta fue respondida por el sonido de un trueno. Morton acababa de situarse delante de la ventana más cercana y sus anchos hombros bloqueaban la salida. Por un instante, la ventana se iluminó desde dentro como con fuego rojo, seguido del resonante tronar de ecos. Los cuadrados hombros parecieron mudar en apariencia y la robusta figura se desplomó entre los crecidos y rancios hierbajos al pie de la torre. Una ráfaga de humo flotaba desde la ventana como una nubecilla. Los dos hombres de detrás corrieron hacia el lugar y lo levantaron, pero ya estaba muerto.

Sir Walter se enderezó y gritó algo que se perdió en otro sonido de disparos; era posible que la policía ya estuviera vengando a su compañero desde el otro lado. Fisher ya había echado a correr hacia la siguiente ventana, y un nuevo grito de asombro por su parte atrajo a su jefe al mismo lugar. Nolan, el policía irlandés, también había caído, despatarrado sobre la hierba, enrojecido con su propia sangre. Seguía vivo cuando llegaron a él, pero había muerte en su rostro y sólo pudo realizar un gesto final para indicarles que todo había acabado. Con una entrecortada palabra y un heroico esfuerzo, les indicó que se dirigieran hacia donde el resto de sus compañeros estaba sitiando la parte trasera de la torre. Perplejos por estas rápidas y repetidas conmociones, los dos hombres sólo pudieron obedecer vagamente el gesto y, abriéndose paso hacia las ventanas traseras, descubrieron una escena igualmente sorprendente, aunque menos definitiva y trágica. Los otros dos policías no estaban muertos ni mortalmente heridos, pero Macbride yacía con una pierna rota y la escalera había caído sobre él; era evidente que había salido despedido desde la ventana superior de la torre. Wilson yacía tumbado bocabajo, bastante inmóvil, como aturdido, con su roja cabeza entre el gris plateado del cardo marino. En él, sin embargo, la impotencia fue fugaz, ya que empezó a moverse y a levantarse cuando los demás rodearon la torre.

—¡Cielo santo! ¡Ha sido como una explosión! —exclamó sir Walter. Y era cierto que era la única palabra para describir esta sobrenatural energía por la que un sólo hombre había sido capaz de provocar muerte o destrucción en tres lados del mismo triángulo al mismo tiempo.

Wilson ya se había levantado a duras penas y, con espléndida energía, volvió a lanzarse contra la ventana revólver en mano. Disparó dos veces por la abertura y luego desapareció entre su propio humo, pero el ruido sordo de sus pies y el estruendo de una silla derribada les dijo que el intrépido londinense había conseguido, al fin, entrar en la habitación. Luego le siguió un curioso silencio y sir Walter, acercándose a la ventana a través del humo que se dispersaba, miró dentro del cascarón vacío que era la antigua torre. A excepción de Wilson, que miraba boquiabierto a su alrededor, no había nadie allí.

El interior de la torre era una única sala vacía con nada más que una sencilla silla de madera y una mesa sobre la cual había plumas, tinta y papel, además de la vela. A medio camino del alto muro había una rudimentaria plataforma de madera bajo la ventana superior, un pequeño desván que era más bien como un gran estante. Se llegaba a él sólo con una escalera de mano, y parecía estar tan vacío como las desnudas paredes. Wilson completó su examen del lugar y luego se quedó mirando los objetos sobre la mesa. Luego, en silencio, señaló con su delgado dedo la página abierta de un cuaderno grande. El escritor había dejado de escribir de súbito, en mitad de una palabra.

—Dije que fue como una explosión —dijo sir Walter Carey al fin—. Y realmente parece que el hombre haya explotado de pronto. Pero, de algún modo, ha explotado sin tocar la torre. Ha explotado más como una burbuja que como una bomba.

—Ha tocado cosas más valiosas que la torre —dijo Wilson en tono sombrío.

Se hizo un largo silencio y entonces sir Walter dijo con seriedad:

—Bueno, señor Wilson, no soy policía y estos desafortunados sucesos le han dejado al mando de esa parte del asunto. Todos lamentamos la causa de todo esto, pero me gustaría decir que yo mismo siento la mayor de las confianzas en su capacidad para continuar con el trabajo. ¿Qué opina que deberíamos hacer a continuación?

Wilson pareció resurgir de su depresión y reconoció las palabras del hablante con una cortesía más cálida de la que le había mostrado a nadie hasta el momento. Llamó a algunos de los policías para que ayudaran a buscar en el interior, dejando que el resto se dispersara por los alrededores con el equipo de búsqueda.

—Creo —dijo—, que lo primero es asegurarnos sobre el interior del lugar, ya que fue físicamente imposible que hubiera salido. Supongo que el pobre Nolan habría mencionado su *banshee* y habría dicho que era posible de un modo sobrenatural. Pero a mí no me sirven los espíritus incorpóreos cuando trato con los hechos. Y los hechos ante mí son una torre vacía con una escalera de mano, una silla y una mesa.

—Los espiritistas —dijo sir Walter con una sonrisa—, dirían que los espíritus pueden encontrar muchos usos para una mesa.

—Me atrevo a decir que sería así si los espíritus estuvieran sobre la mesa... en forma de bebida espirituosa —replicó Wilson con una mueca de sus pálidos labios—. La gente de estos lugares, cuando están empapados en wiski irlandés, puede creer en esas cosas. Yo creo que les falta un poco de educación en este país.

Los pesados párpados de Horne Fisher aletearon en un vano intento por elevarse, como si se vieran tentados a lanzar una perezosa protesta contra el tono despectivo del investigador.

—Los irlandeses creen demasiado en espíritus como para creer en el espiritismo —murmuró—. Saben demasiado sobre ellos. Si busca una fe simple e infantil en cualquier espíritu que se presenta, puede encontrarla en su querida Londres.

—No quiero encontrarla en ningún sitio —dijo Wilson de modo cortante—. Digo que estoy tratando con cosas mucho más sencillas que su simple fe, con una mesa y una silla y una escalera. Ahora bien, lo que quiero decir sobre ellos al principio es esto. Los tres están burdamente fabricados con madera lisa. Pero la mesa y la silla son bastante nuevas y están comparativamente limpias. La escalera está cubierta de polvo y hay una telaraña bajo el último escalón superior. Eso significa que tomó prestadas recientemente las dos primeras en alguna cabaña, como suponíamos, pero la escalera se ha pasado mucho tiempo en este podrido basurero. Es probable que formara parte del mobiliario original, un recuerdo de familia en este magnífico palacio de los reyes irlandeses.

De nuevo, Fisher lo miró desde debajo de sus párpados, pero parecía demasiado adormilado para hablar y Wilson continuó con su argumento.

—Y nos queda muy claro que algo muy extraño acaba de pasar en este lugar. Las probabilidades son de diez a uno, me parece, que tuvo algo que ver especialmente con este lugar. Es probable que viniera aquí porque sólo aquí podía hacerlo; de otro modo, no parece muy acogedor. Pero el hombre lo conocía de antaño; dicen que perteneció a su familia, de modo que, en general, creo que todo apunta a algo en la construcción de la torre.

—Su razonamiento me parece excelente —dijo sir Walter, que le escuchaba con atención—. Pero ¿de qué podría tratarse?

—Vea ahora lo que quiero decir acerca de la escalera —continuó el policía—; es el único mueble antiguo aquí y lo primero que llamó la atención de mi ojo *cockney*. Pero hay algo más. Esa buhardilla de ahí arriba es una especie de leñera sin leña. Por lo que puedo ver, está tan vacía como todo lo demás y, tal como están las cosas, no veo qué uso puede tener la escalera que lleva hasta allí. Como no puedo encontrar nada inusual aquí abajo, me parece que nos sería ventajoso mirar allí arriba.

Se bajó con agilidad de la mesa en la que estaba sentado (ya que la única silla le fue asignada a sir Walter) y subió rápidamente por la escalera hasta la plataforma. Pronto le siguieron los demás, aunque el señor Fisher iba el último con aspecto de considerable indiferencia.

Llegados a este punto, sin embargo, estaban destinados a sufrir una decepción; Wilson husmeó por cada rincón como un sabueso y examinó el tejado casi adoptando la postura de una mosca, pero media hora después tuvieron que confesar que seguían sin pistas. El secretario privado de sir Walter parecía verse cada vez más amenazado por un sueño inapropiado y, habiendo sido el último en trepar por la escalera, ahora parecía carecer de la energía suficiente para volver a bajar.

—Venga, Fisher —llamó sir Walter desde abajo, una vez que ellos llegaron al suelo—. Debemos considerar si tenemos que desmontar el lugar para ver de qué está hecho.

—Bajo en un minuto —dijo la voz desde la plataforma sobre sus cabezas, una voz que sugería algo parecido a un bostezo articulado.

—¿A qué espera? —preguntó sir Walter con impaciencia—. ¿Ve algo ahí arriba?

—Bueno, sí, en cierto modo —replicó la voz vagamente—. De hecho, ahora lo veo muy claro.

—¿De qué se trata? —preguntó Wilson en tono crispado desde la mesa sobre la que estaba sentado. Golpeaba sus talones sin descanso.

—Bueno, se trata de un hombre —dijo Horne Fisher.

Wilson se levantó de la mesa como si lo hubieran echado de una patada.

—¿Qué quiere decir? —gritó—. ¿Cómo es posible que pueda ver a un hombre?

—Puedo verlo por la ventana —respondió el secretario con suavidad—. Lo veo atravesando el páramo. Se dirige en línea recta, campo a través, hacia esta torre. Es evidente que tiene la intención de hacernos una visita. Y, teniendo en cuenta quien parece ser, tal vez sería más educado que nos pusiéramos todos en la puerta para recibirlo.

De manera ociosa, el secretario descendió por la escalera.

—¡Quien parece ser! —repitió sir Walter con asombro.

—Bueno, creo que es el hombre a quien llaman príncipe Michael —observó el señor Fisher con frivolidad—. De hecho, estoy seguro de que es él. He visto sus fotografías policiales.

Se hizo un silencio mortal y el cerebro de sir Walter, que normalmente iba sereno, parecía dar vueltas como un molinillo.

—¡Demonios! —dijo al fin—. Incluso suponiendo que su propia explosión lo lanzara a un kilómetro de distancia, sin pasar por ninguna de estas ventanas, y que lo dejara vivo como para darse un paseo por el campo... Incluso entonces, ¿por qué demonios iba a venir en esta dirección? Por lo general, el asesino no visita el lugar del crimen tan pronto después de cometerlo.

—Él todavía no sabe que esto es la escena de su crimen —contestó Horne Fisher.

—¿Qué diantres quiere decir? Usted le atribuye una bastante singular falta de memoria.

—Bueno, lo cierto es que esto no es la escena de su crimen —dijo Fisher, quien fue a mirar por la ventana.

Se hizo otro silencio y entonces sir Walter dijo en tono quedo:

—¿Qué ideas le rondan por la cabeza, Fisher? ¿Ha desarrollado una nueva teoría sobre cómo este tipo ha escapado del anillo policial que lo cercaba?

—Nunca se escapó —contestó el hombre de la ventana sin girarse—. Nunca escapó del anillo policial porque nunca estuvo dentro de dicho anillo. No ha estado en esta torre en absoluto, al menos no cuando lo estábamos rodeando.

Se giró y se apoyó contra la ventana, pero, en lugar de su habitual actitud apática, casi se les antojó que el rostro en sombras estaba un poco pálido.

—Comencé a adivinar algo por el estilo cuando estábamos a cierta distancia de la torre —dijo—. ¿Notaron esa especie de chispazo o parpadeo de la vela antes de apagarse? Estaba casi seguro de que sólo se trataba del último salto que da la llama cuando una vela se extingue del todo. Y entonces entré en esta habitación y vi eso.

Señaló hacia la mesa y sir Walter se quedó sin aliento al maldecir su propia ceguera. Ya que la vela en el candil se había agotado hasta quedar reducida a nada y dejarlo, mentalmente al menos, completamente a oscuras.

—Y ahí nos surge una especie de problema matemático —continuó Fisher, recostándose con su languidez habitual y levantando la mirada hacia las paredes desnudas, como si escribiera diagramas imaginarios en ellas—. No es tan fácil que un hombre en el tercer ángulo esté cara a cara con los otros dos al mismo tiempo, en especial si están en la base de un triángulo isósceles. Lamento que esto suene a clase de geometría, pero...

—Me temo que no tenemos tiempo para eso —dijo Wilson con frialdad—. Si este hombre de verdad está volviendo debo dar órdenes de inmediato.

—Pues yo creo que voy a continuar con mi explicación —observó Fisher, mirando al techo con insolente serenidad.

—Debo pedirle, señor Fisher, que me permita conducir mis pesquisas en mis propios términos —dijo Wilson con firmeza—. Yo soy el oficial al mando ahora.

—Sí —comentó Horne Fisher, suavemente, pero con un tono que de algún modo heló la sangre de su interlocutor—. Sí. Pero ¿por qué?

Sir Walter lo miraba fijamente, ya que nunca había visto a su lánguido y joven amigo así. Fisher miraba a Wilson con párpados bien abiertos, y sus ojos parecían recubiertos por la misma película que los ojos de un águila.

—¿Por qué es usted el oficial al mando ahora? —preguntó—. ¿Por qué puede conducir sus pesquisas en sus propios términos ahora? Me pregunto cómo es que los oficiales de mayor rango no están aquí para interferir en nada de lo que usted haga.

Nadie habló, y nadie sabría decir cuán rápido alguien recuperaría la cordura para hablar cuando les llegó un ruido desde fuera. Era el pesado y hueco sonido de un golpe en la puerta de la torre que, a sus sobresaltados ánimos, sonó extrañamente como el martillo del destino.

La puerta de madera de la torre giró sobre sus oxidados goznes bajo la mano que la había golpeado, y el príncipe Michael entró en la estancia. A nadie le cupo la menor duda sobre su identidad. Sus prendas claras, aunque raídas por sus aventuras, tenían un corte elegante y casi vanidoso, y llevaba una barba puntiaguda, o imperial, que tal vez fuera una evocación más de Luis Napoleón; pero él era un hombre mucho más alto y más gallardo que su prototipo. Antes de que nadie pudiera hablar, los silenció a todos por un instante con un leve pero espléndido gesto de hospitalidad.

—Caballeros —dijo—, este es un pobre lugar ahora, pero reciban mi más cordial bienvenida.

Wilson fue el primero en recuperarse y dio una zancada hacia el recién llegado.

—Michael O'Neill, queda arrestado en nombre del rey por los asesinatos de Francis Morton y James Nolan. Es mi obligación advertirle...

—No, no, señor Wilson —exclamó Fisher de repente—. Usted no cometerá un tercer asesinato.

Sir Walter Carey se levantó de la silla, que cayó hacia atrás con un estruendo.

—¿Qué significa todo esto? —exclamó con tono autoritario.

—Significa —dijo Fisher—, que este hombre, Hooker Wilson, tan pronto como metió la cabeza por esa ventana, mató a sus dos colegas, quienes habían introducido sus cabezas por las otras ventanas, disparándoles a través de la vacía habitación. Eso es lo que significa. Y, si quiere saberlo, cuente las veces que se supone que ha disparado y luego cuente las balas que le quedan en el revólver.

Wilson, que seguía sentado sobre la mesa, alargó la mano con brusquedad hacia el arma que descansaba junto a él. Pero el siguiente movimiento fue el más inesperado de todos, pues el príncipe que estaba en el umbral pasó de repente de la dignidad de una estatua a la agilidad de un acróbata y le arrebató al policía el revólver.

—¡Perro! —gritó—. Así que usted es el arquetipo de verdad inglesa, como yo lo soy de tragedia irlandesa. Usted, que ha venido a matarme, pasando por encima de los cadáveres de sus hermanos. Si hubieran caído en una reyerta en las colinas, se le llamaría homicidio, pero aun así se le habría perdonado su pecado. Pero yo, que soy inocente, iba a ser sacrificado con ceremonia. Habría largos discursos y pacientes jueces que escucharían mi inútil declaración de inocencia, anotando mi desesperación y desechándola. Sí, eso es un auténtico asesinato. Pero matar puede no ser asesinato. Queda una bala en este pequeño revólver y sé a donde debería ir.

Wilson se giró rápidamente sobre la mesa y, al girarse, se retorció de agonía cuando Michael le atravesó el cuerpo de un disparo, de modo que cayó al suelo como un tronco.

La policía se apresuró a levantarlo, sir Walter se quedó sin habla, y entonces, con un gesto extraño y cansado, Horne Fisher habló.

—Es verdad que es usted el arquetipo de tragedia irlandesa —dijo—. Usted tenía toda la razón y ahora se ha convertido en culpable.

El rostro del príncipe recordó al mármol por un instante hasta que apareció en sus ojos una luz no muy distinta a la de la desesperación. Se echó a reír de repente y tiró la humeante pistola al suelo.

—Es cierto que soy culpable —dijo—. He cometido un crimen que lanzará una merecida maldición sobre mí y mis descendientes.

Horne Fisher no parecía estar totalmente satisfecho con este repentino arrepentimiento; mantuvo la vista fija en el hombre y sólo dijo en voz baja:

—¿A qué crimen se refiere?

—He ayudado a la justicia inglesa —respondió el príncipe Michael—. He vengado a los oficiales de su rey. He hecho el trabajo de su verdugo. Y por eso, ciertamente, merezco que me cuelguen.

Se giró hacia los policías con un gesto que no indicaba que se rendía ante ellos, sino más bien les ordenaba que lo arrestaran.

Esta fue la historia que Horne Fisher le contó a Harold March, el periodista, muchos años después, en un pequeño pero lujoso restaurante cerca de Piccadilly. Había invitado a March a cenar poco después del suceso al que llamó *El rostro en la diana,* y la conversación había pasado de forma natural de ese misterio a memorias más tempranas de la vida de Fisher y el modo en el que se vio impelido a estudiar problemas como el del príncipe Michael. Horne Fisher era quince años mayor, su fino cabello había pasado a la calvicie frontal, y sus largas y esbeltas manos caían más por efecto de la fatiga que por afectación. Y contó la historia de la aventura irlandesa de su juventud porque registraba la primera ocasión en la que había entrado en contacto con un crimen, así como que le hizo descubrir el modo tan oscuro y terrible en el que el crimen se puede enredar con la ley.

—Hooker Wilson fue el primer criminal que conocí, y era policía —explicó Fisher mientras hacía girar el vino en su copa—. Y toda mi vida ha sido un batiburrillo de ese tipo. Él era un hombre de auténtico talento, quizás un genio, y digno de estudio, tanto como policía como criminal. Su pálido rostro y rojo pelo eran típicos de su persona, ya que era una de esas personas que son frías y a la vez arden con ansias de fama; y podía controlar la rabia, pero no la ambición. Se tragó los desaires de sus superiores en esa primera pelea, aunque hervía de resentimiento, pero cuando de repente vio las dos cabezas oscuras contra el alba, enmarcadas por las dos ventanas, no pudo desperdiciar la oportunidad, no sólo de vengarse sino también de eliminar los dos obstáculos a su ascenso. Era buen tirador y contaba con silenciarlos a ambos, aunque las pruebas contra él habrían sido difíciles de hallar. Pero, de hecho, se escapó por los pelos, ya que Nolan vivió lo suficiente para señalar y decir, «Wilson». Pensamos que estaba pidiendo ayuda para su colega, pero en realidad estaba denunciando a su asesino. Después fue fácil derribar la escalera de mano (porque un hombre subido a una escalera no puede ver claramente lo que pasa debajo y detrás) y lanzarse al suelo como si fuera otra víctima de la catástrofe.

»Pero había una auténtica creencia mezclada con su ambición asesina, una creencia no sólo en su propio talento, sino también en sus propias teorías. Creía en lo que llamaba una nueva mirada y quería implementar nuevos métodos. Había algo en su visión, pero fracasó en donde tales cosas suelen fracasar, porque la nueva mirada no puede ver lo invisible. Es cierto en cuanto a lo de la escalera y el espantapájaros, pero no en lo de la vida y el alma; y él cometió un gran error sobre lo que un hombre como Michael haría cuando oyera gritar a una mujer. Toda la vanidad y la vanagloria de Michael le hizo salir de inmediato; habría entrado en el Castillo de Dublín a recuperar el guante de una dama. Llámelo pose o lo que desee, pero lo habría hecho. Lo que sucedió cuando la encontró es otra historia, una que puede que nunca sepamos, pero por los relatos que he oído desde entonces, deben de haberse reconciliado. Wilson se equivocó ahí, pero había algo, así y todo, en su idea de que el recién llegado ve más y que el hombre en el lugar puede saber demasiado como para saber nada. Tenía razón sobre algunas cosas. Tenía razón sobre mí.

—¿Sobre usted? —preguntó Harold March con cierto asombro.

—Yo soy el hombre que sabe demasiado como para no saber nada o, en cualquier caso, para hacer nada —dijo Horne Fisher—. No me refiero a Irlanda en especial. Me refiero a Inglaterra. Me refiero al modo en el que nos gobiernan y quizás el único modo de que puedan gobernarnos. Usted me acaba de preguntar qué aconteció con los supervivientes de esa tragedia. Bueno, Wilson se recuperó y conseguimos persuadirle para que se jubilara. Pero tuvimos que darle a ese maldito asesino una pensión más magnífica que la de cualquier héroe que haya luchado jamás por Inglaterra. Conseguí salvar a Michael de la muerte, pero tuvimos que enviar a ese hombre, que era perfectamente inocente, a trabajos forzados por un crimen que sabíamos que nunca cometió, y fue sólo después cuando pudimos confabular un modo taimado para su fuga. Y sir Walter Carey es el primer ministro de este país, cargo que nunca se le habría otorgado si hubiera salido a la luz la verdad sobre tal escándalo que sucedió en su departamento. Habría sido nuestra ruina en Irlanda; ciertamente habría sido su ruina. Y es un viejo amigo de mi padre y siempre me ha honrado con su amabilidad. Estoy demasiado enredado en todo el asunto, ¿sabe? Y es cierto que nunca estuve hecho para desenredarlo. Usted parece consternado, por no decir estupefacto, y no me ofende en absoluto. Pero cambiemos de tema si así gusta. ¿Qué le parece este borgoña? Es todo un descubrimiento mío, al igual que el restaurante.

Y procedió a hablar de modo erudito y exuberante sobre todos los vinos del mundo, tema sobre el cual algunos moralistas también podrían considerar que él sabía demasiado.

CAPÍTULO III

Alma de colegial

Se necesitaría un gran mapa de Londres para mostrar el alocado y serpenteante rumbo de un día de viaje llevado a cabo por un tío y su sobrino; o, para decirlo con más veracidad, de un sobrino y su tío. Ya que el sobrino, un colegial de vacaciones, era en teoría el dios en el coche, o en el taxi, tranvía, metro y demás, mientras que su tío era, como mucho, un sacerdote que bailaba ante él y le ofrecía sacrificios. Por decirlo de un modo más sobrio, el colegial poseía un cierto aire impasible, como el de un joven duque realizando su *Grand Tour*, mientras que su anciano pariente se veía reducido al cargo de guía turístico que, con todo y con eso, tenía que costearlo todo como un patrocinador. Al colegial se le conocía oficialmente como Summers Minor, y de un modo más social como Stinks, el único tributo público a su carrera como aficionado a la fotografía y la electricidad. El tío era el reverendo Thomas Twyford, un esbelto y vivaz caballero con un rostro ansioso y rubicundo, con cabellera blanca. No era más que un clérigo rural, pero era uno de esos que consiguen la paradoja de ser famoso de un modo incierto, porque son famosos en un mundo incierto. En un pequeño círculo de arqueólogos eclesiásticos, que eran las únicas personas que podrían comprender los hallazgos de los demás, ocupaba un lugar respetable y reconocido. Incluso un crítico podría haber hallado en el viaje de ese día un tanto de la afición del tío como de las vacaciones del sobrino.

Su propósito original había sido completamente paternal y festivo. Pero, como muchas otras personas inteligentes, no estaba por encima de la debilidad de jugar con juguetes para divertirse, basándose en la teoría de que divertiría al niño. Sus juguetes eran coronas y mitras y báculos pastorales y espadas de estado, y se había entretenido con ellos, diciéndose que el niño debía ver todas las atracciones que Londres ofrecía. Y al final del día, tras tomar un magnífico té, se delató al concluir con una visita en la que ningún niño humano apenas podría concebir sentir interés: una cámara subterránea que se suponía había sido una capilla, recientemente excavada en la orilla norte del Támesis, y que literalmente no contenía nada más que una antigua moneda de plata. Pero la moneda, para aquellos que lo sabían, era más solitaria y espléndida que el diamante Koh-I-Noor. Era romana y se decía que reproducía la efigie de san Pablo; también se propagaban en torno a ella las más vitales controversias sobre la antigua iglesia británica. Apenas podía negarse, sin embargo, que las controversias dejaron a Summers Minor comparativamente frío.

De hecho, las cosas que interesaban a Summers Minor y las cosas que no le interesaban habían desconcertado y divertido a su tío durante varias horas. El niño exhibía la sorprendente ignorancia del colegial inglés, así como su asombroso conocimiento; conocimiento de alguna clasificación especial con el que generalmente puede corregir y confundir a sus mayores. Se consideraba con derecho a olvidar los nombres del cardenal Wolsey o de Guillermo de Orange mientras pasaba las vacaciones en Hampton Court; pero apenas podía alejarlo de los detalles sobre la disposición de los timbres eléctricos en el vecino hotel. Se sentía totalmente deslumbrado en la abadía de Westminster, lo cual no es tan antinatural desde que esa iglesia se convirtió en el depósito de la mayor y menos exitosa colección de estatuas del siglo XVIII. Pero poseía un conocimiento mágico y minucioso sobre los autobuses de Westminster y, de hecho, de toda la red de autobuses de Londres, cuyos colores y números conocía como un heraldo conoce la heráldica. Se indignaba por una momentánea confusión entre un vehículo verde claro de Paddington y uno verde oscuro de Bayswater, de igual modo que lo haría su tío ante la identificación de un icono griego o una imagen romana.

—¿Coleccionas autobuses como quien colecciona sellos? —preguntó su tío—. Deben de requerir un álbum muy grande. ¿O los guardas en tu taquilla?

—Los guardo en mi cabeza —replicó el sobrino con legítima firmeza.

—Admito que te honra —respondió el clérigo—. Supongo que sería inútil preguntar con qué propósito has aprendido eso de entre miles de cosas. No creo que puedas hacer carrera con ese conocimiento, a menos que estuvieras permanentemente en la acera para evitar que las ancianas suban al autobús equivocado. Bueno, debemos bajarnos de este, pues hemos llegado a nuestro destino. Quiero enseñarte lo que llaman el Penique de san Pablo.

—¿Es como la catedral de san Pablo? —preguntó el joven con resignación mientras bajaban del autobús.

En la entrada, sus ojos se vieron cautivados por una singular figura que pululaba por allí con una evidente y similar ansiedad por entrar. Era un hombre delgado y moreno con una larga túnica negra parecida a una sotana; pero la gorra negra sobre su cabeza era de una forma demasiado extraña para ser un birrete. Más bien sugería algún tocado arcaico de Persia o Babilonia. Tenía una curiosa barba negra que sólo aparecía en los extremos de su barbilla, y sus grandes ojos estaban dispuestos sobre su rostro de un modo extraño, como los planos ojos decorativos pintados en los antiguos perfiles egipcios. Antes de poder hacerse algo más que una impresión general de su persona, el individuo se metió por la puerta que también era su destino.

No se veía nada por encima de la superficie del santuario hundido a excepción de un recio cobertizo de madera, del tipo recientemente erigido para muchos propósitos militares y oficiales, y cuyo suelo de madera era de hecho una simple plataforma sobre la excavada cavidad del subsuelo. Un soldado montaba guardia fuera, y un soldado de rango superior, un oficial anglo-indio con distinciones, estaba sentado escribiendo en una mesa dentro del cobertizo. De hecho, los turistas pronto descubrieron que esta atracción en particular estaba rodeada de las más extraordinarias medidas de seguridad. He comparado la moneda de plata con el Koh-I-Noor y, en un sentido, era incluso convencionalmente comparable, puesto que, por un accidente histórico, en una ocasión, casi entró a formar parte de las joyas de la Corona, o al menos de las reliquias de la Corona, hasta que uno de los príncipes reales la devolvió al santuario al que se suponía que pertenecía. Otras causas se combinaron para concentrar vigilancia oficial en torno a la moneda; habían sufrido un susto concerniente a espías que portaban explosivos dentro de pequeños objetos, y una de esas órdenes experimentales que pasan como olas sobre la burocracia había decretado primero que todos los visitantes debían cambiar su ropa por una especie de saco de arpillera oficial, y luego (cuando este método provocó murmuraciones) que al menos debían vaciarse los bolsillos. El coronel Morris, el oficial al mando, era un hombre bajo y activo de rostro adusto y curtido, pero con ojos jocosos y vivaces, una contradicción basada en su conducta, ya que se burlaba de los dispositivos de seguridad al mismo tiempo que insistía en llevarlos a cabo.

—Me importa un bledo el Penique de san Pablo ni nada que se le parezca —admitió en respuesta a algunos comentarios de anticuario por parte del clérigo, quien lo conocía un poco—, pero visto uniforme, ya sabe, y es asunto serio cuando el tío del rey deposita algo a mi cargo con sus propias manos. Pero en cuanto a santos y reliquias y esas cosas, me temo que soy un poco volteriano, lo que usted llamaría un escéptico.

—Ni siquiera estoy seguro de que sea escéptico por creer en la familia real y no en la «sagrada» familia —replicó el señor Twyford—. Pero, por supuesto, puedo vaciar fácilmente mis bolsillos para demostrar que no llevo una bomba encima.

El montoncito formado por las pertenencias del clérigo sobre la mesa constaba principalmente de papeles, además de una pipa, una petaca de tabaco, y algunas monedas romanas y sajonas. El resto eran catálogos de libros antiguos y panfletos, como uno titulado *Usos del Sarum;* una sola mirada a dicho panfleto fue suficiente para el coronel y el colegial. No le veían utilidad alguna al Sarum. El contenido de los bolsillos del niño, como es natural, conformaba un montón mayor, e incluía canicas, un rollo de cuerda, una linterna eléctrica, un imán, una catapulta pequeña y, por supuesto, una gran navaja que casi podía describirse como una pequeña caja de herramientas, un complejo aparato del cual no parecía dispuesto a separarse, señalando que incluía un par de pinzas, una herramientas para hacer agujeros en la madera y, por encima de todo, un instrumento para retirar piedrecillas de los cascos de los caballos. La comparativa ausencia de caballos le resultaba irrelevante, como si fuera un simple apéndice que se pudiera proporcionar con facilidad. Pero cuando le llegó el turno al caballero de la negra túnica, no vació sus bolsillos, sino que tan sólo mostró sus manos.

—No tengo posesiones —dijo.

—Me temo que debo pedirle que vacíe sus bolsillos para asegurarme —observó el coronel con voz grave.

—No tengo bolsillos —dijo el extraño.

El señor Twyford estaba mirando la larga túnica negra con ojos de entendido.

—¿Es usted un monje? —preguntó con aire desconcertado.

—Soy un mago —replicó el extraño—. Tal vez haya oído hablar de los Reyes Magos. Yo soy un mago.

—¡Anda! —exclamó Summers Minor con ojos prominentes.

—Pero fui monje hace tiempo —continuó el otro—. Soy lo que podría llamar un monje huido. Sí, he escapado a la eternidad. Pero los monjes mantenían una verdad, al menos, y es que la vida suprema debe vivirse sin posesiones. No llevo dinero ni bolsillos, y todas las estrellas son mis únicas alhajas.

—De todos modos, están fuera de todo alcance —observó el coronel Morris con tono que sugería que ya tenían suficiente—. He conocido a muchos magos en la India, con sus mangos y todo. Pero los magos indios son todos unos farsantes, lo juro. De hecho, me lo pasé en grande dejándolos en ridículo. Mucho más divertido que este deprimente trabajo, desde luego. Pero aquí llega el señor Symon, quien les mostrará el viejo sótano.

El señor Symon, el oficial que hacía de centinela y guía, era un hombre joven, con canas prematuras, con una boca seria que contrastaba curiosamente con un pequeño y oscuro bigote cuyas puntas engomadas parecían, en cierto modo, estar separadas de la boca, como si se le hubiera posado una mosca negra en la cara. Hablaba con acento de Oxford y de empleado permanente, pero de un modo tan mecánico como el más indiferente de los guías pagados. Descendieron por una oscura escalera de piedra, a cuyos pies Symon pulsó un botón y una puerta se abrió en una sala oscura, o más bien en una sala que había estado a oscuras un segundo antes. Porque casi en cuanto la pesada puerta de hierro se abrió, un destello casi cegador de luces eléctricas llenó todo el interior. El espasmódico entusiasmo de Stinks se encendió de inmediato, y preguntó ansioso si las luces y las puertas funcionaban juntas.

—Sí, es todo un solo sistema —replicó Symon—. Todo fue instalado para el día en el que Su Alteza Real depositó el objeto aquí. ¿Ven? Está encerrada en una urna de cristal tal y como él la dejó.

Un sólo vistazo demostraba que las disposiciones para guardar el tesoro eran, en realidad, tan fuertes como simples. Un único panel de cristal separaba una esquina de la sala, en un marco de hierro incrustado en las paredes rocosas y el techo de madera; no había ninguna posibilidad de reabrir la urna sin realizar un elaborado esfuerzo, a no ser que se rompiera el cristal, lo cual era probable que despertara al vigilante nocturno, que siempre se encontraba a pocos metros, incluso si se quedaba dormido. Un examen más detenido habría revelado muchas más ingeniosas salvaguardias, pero la atención del reverendo Thomas Twyford, al menos, estaba cautivada por algo que le interesaba mucho más: el opaco disco plateado que brillaba bajo la blanca luz en contraste con el sencillo fondo de terciopelo negro.

—El Penique de san Pablo, del cual se dice que conmemora la visita de san Pablo a Gran Bretaña, fue probablemente conservado en esta capilla hasta el siglo VIII —iba explicando Symon con su clara, pero aburrida, voz—. En el siglo IX, se supone que se la llevaron los bárbaros y reaparece, tras la conversión de los Godos del norte, en posesión de la familia real de Gotland. Su Alteza Real, el duque de Gotland, siempre lo retuvo en su custodia privada, y cuando decidió exhibirlo al público, lo colocó aquí con sus propias manos. Fue inmediatamente sellado de tal forma...

Por desgracia, llegados a ese punto, Summers Minor, cuya atención se había desviado algo de las guerras religiosas del siglo IX, observó un cable corto que sobresalía de una grieta en la pared. Se precipitó hacia el cable y exclamó:

—¡Anda! ¿Está conectado?

Era evidente que estaba conectado porque, tan pronto como el niño le dio un tirón, toda la sala se quedó a oscuras, como si todos se hubieran quedado ciegos, y un instante después oyeron el sordo ruido de la puerta al cerrarse.

—Vaya, ahora sí que la has hecho buena —dijo Symon con su tono de voz tranquilo.

Tras una pausa añadió:

—Supongo que nos echarán de menos antes o después, y no me cabe duda de que podrán abrir la puerta, pero puede que les lleve tiempo conseguirlo.

Se hizo el silencio y entonces el invencible Stinks observó:

—Qué mala suerte que tuve que dejar mi linterna eléctrica allí arriba.

—Creo —dijo su tío con severidad—, que hemos quedado suficientemente convencidos de tu interés por la electricidad.

Tras una pausa, comentó con tono más amable:

—Supongo que, si echara de menos algo de mi propia parafernalia, sería la pipa. Aunque, de hecho, no es muy divertido fumar a oscuras. Todo parece diferente en la oscuridad.

—Todo es diferente en la oscuridad —dijo una tercera voz, la del hombre que se calificaba de mago. Era una voz muy musical, en notable contraste con su siniestro y atezado semblante, que ahora era invisible—. Puede que no sepan qué verdad tan terrible es. Todo lo que ven son imágenes creadas por el sol, rostros y muebles y flores y árboles. Los objetos mismos pueden serles bastante extraños. Algo diferente puede estar ocupando el lugar donde vio una mesa o una silla. El rostro de su amigo puede ser bastante diferente en la oscuridad.

Un breve e indescriptible sonido rompió la quietud. Twyford se sobresaltó por un instante y luego dijo con brusquedad:

—La verdad es que no creo que sea la ocasión más adecuada para asustar a un niño.

—¿Quién es un niño? —gritó el indignado Summers, con voz algo quebrada que hizo que soltara un gallo—. ¿Y quién es un miedoso? Porque yo no.

—Permaneceré en silencio, entonces —dijo la otra voz en la oscuridad—. Pero el silencio también hace y deshace.

El requerido silencio permaneció intacto durante largo tiempo, hasta que al fin el clérigo le dijo a Symon en voz baja:

—¿Supongo que no habrá problemas con el aire?

—Oh, sí —replicó el otro en voz alta—; hay una chimenea en el despacho junto a la puerta.

Un salto y el ruido de una silla derribada les anunció que, una vez más, la irreprimible nueva generación se había lanzado hacia el otro lado de la sala. Oyeron la exclamación:

—¡Una chimenea! ¡Qué me aspen! —y el resto de su perorata se perdió entre gritos ahogados y exultantes.

El tío lo llamó repetidas veces en vano, se abrió camino a tientas hasta la abertura y, mirando hacia arriba desde dentro, vio un destello de luz diurna que parecía sugerir que el fugitivo se había desvanecido y estaba a salvo. Buscando su camino de vuelta al grupo junto a la urna de cristal, tropezó con la silla derribada y se tomó un momento para recomponerse. Había abierto la boca para dirigirse a Symon cuando se detuvo, y de repente se encontró parpadeando bajo el destello de la luz blanca. Al mirar por encima del hombro del otro hombre, vio que la puerta estaba abierta.

—De modo que ya han llegado hasta nosotros —le dijo a Symon.

El hombre de la túnica negra estaba apoyado contra la pared a unos metros de distancia, con una sonrisa dibujada en su rostro.

—Aquí viene el coronel Morris —continuó Twyford, que seguía hablándole a Symon—. Uno de nosotros tendrá que contarle cómo se apagó la luz. ¿Lo hará usted?

Pero Symon seguía sin decir nada. Estaba tan inmóvil como una estatua y miraba impertérrito el terciopelo negro tras el cristal. Miraba el terciopelo negro porque no había nada más que mirar. El Penique de san Pablo había desaparecido.

El coronel Morris entró en la sala con dos nuevos visitantes, presuntamente dos nuevos turistas retrasados por el incidente. El que iba delante era un hombre alto, rubio, de aspecto bastante lánguido, con calvicie incipiente y una nariz aguileña; su acompañante era un hombre más joven con cabello claro rizado y ojos francos, incluso inocentes. Symon apenas pareció oír a los recién llegados; casi parecía no darse cuenta de que el regreso de la luz revelaba su actitud taciturna. Luego se sobresaltó con aspecto culpable y, cuando vio al mayor de los dos extraños, su pálido semblante pareció adoptar un tono aún más ceniciento.

—¡Pero si es Horne Fisher!

Tras una pausa, añadió en tono quedo:

—Estoy metido en un lío tremendo, Fisher.

—Parece que hay que resolver un pequeño misterio —observó el caballero al que se había dirigido.

—Nunca se resolverá —dijo el pálido Symon—. Si alguien pudiera hacerlo, ese sería usted. Pero nadie puede.

—Me gusta pensar que yo sí puedo —dijo otra voz desde fuera del grupo, y se giraron sorprendidos para ver que el hombre de la túnica negra había vuelto a hablar.

—¡Usted! —dijo el coronel en tono áspero—. ¿Y cómo propone jugar a los detectives?

—No propongo jugar a los detectives —contestó el otro con voz tan clara como una campana—. Propongo hacer magia. Voy a ser uno de los magos a los que dejó en ridículo en la India, coronel.

Nadie dijo nada por un momento, y entonces Horne Fisher sorprendió a todo el mundo al decir:

—Bueno, subamos para que este caballero lo intente.

Detuvo a Symon, que había llevado un dedo al botón en un gesto automático.

—No, deje todas las luces encendidas. Es una especie de salvaguardia.

—Ya no pueden llevarse el objeto —dijo Symon con amargura.

—Puede devolverse —replicó Fisher.

Twyford ya se había lanzado escaleras arriba en busca de noticias sobre su desaparecido sobrino, y recibió tales noticias de un modo que lo tranquilizó y desconcertó al mismo tiempo. En el suelo se encontró uno de esos grandes aviones de papel que los niños se lanzan entre sí cuando el profesor sale del aula. Era evidente que lo habían lanzado por la ventana y, al desdoblarlo, reveló un garabato mal escrito que decía, «Querido tío, estoy bien. Me reuniré con usted en el hotel más tarde», y luego una firma.

Inconscientemente reconfortado por ello, el clérigo descubrió que sus pensamientos volvían de forma voluntaria a su reliquia favorita, que ocupaba el segundo lugar en sus simpatías, por detrás de su sobrino favorito, y antes de percatarse de dónde estaba se vio rodeado por el grupo que discutía la pérdida de la moneda, y más o menos se dejó llevar por la corriente de su excitación. Pero un trasfondo de duda continuó desarrollándose en su mente, como lo que de verdad le había pasado al niño y cuál sería la definición exacta de estar bien que el niño había usado.

Mientras tanto, Horne Fisher había dejado a todos considerablemente perplejos con su nuevo tono y actitud. Había hablado con el coronel sobre las disposiciones militares y mecánicas, y había demostrado poseer un considerable conocimiento tanto de los detalles de disciplina como de los tecnicismos de la electricidad. Había hablado con el clérigo y demostró un igualmente sorprendente conocimiento de los intereses religiosos e históricos implicados en la reliquia. Había hablado con el hombre que se hacía llamar mago, y no sólo sorprendió a la compañía, sino que también los escandalizó, con su igualmente comprensiva familiaridad con las más fantásticas formas de ocultismo oriental y experimentos psíquicos. Y en esta última y menos respetable línea de investigación, era evidente que estaba preparado para ir más allá; animó abiertamente al mago y estaba claramente preparado para seguir las más descabelladas formas de investigación en las que el mago podría llevarle.

—¿Cómo empezaría ahora? —preguntó, con una ansiosa educación que redujo al coronel a sentirse congestionado por la rabia.

—Todo es una cuestión de fuerza, de establecer comunicaciones para una fuerza —replicó el experto con afabilidad, ignorando ciertos murmullos militares sobre la fuerza policial—. Es lo que en occidente se solía llamar magnetismo animal, pero es mucho más que eso. Más me vale no decir cuánto más. En cuanto a cómo comenzar, el método habitual es hacer que una persona susceptible entre en trance, lo cual sirve como una especie de puente o cable de comunicación, por el cual la fuerza al otro lado puede provocarle, por así decirlo, una descarga eléctrica y así despertar sus sentidos más profundos. Abre el ojo dormido de la mente.

—Yo soy susceptible —dijo Fisher, bien con sencillez o con desconcertante ironía—. ¿Por qué no abre el ojo de mi mente? Mi amigo Harold March, aquí presente, le dirá que a veces veo cosas, incluso en la oscuridad.

—Nadie ve nada si no es en la oscuridad —dijo el mago.

Pesadas nubes del ocaso se cerraban alrededor del cobertizo de madera, enormes nubes, de las cuales sólo podían ver las esquinas en la pequeña ventana, como cuernos y colas de color morado, casi como si unos enormes monstruos se pasearan por el lugar. Pero el morado ya estaba oscureciéndose hasta hacerse gris oscuro; pronto caería la noche.

—No enciendan la lámpara —dijo el mago con calmada autoridad, frenando un movimiento en esa dirección—. Les dije antes que las cosas sólo suceden en la oscuridad.

Cómo tal confusa escena llegó a ser tolerada en el despacho del coronel, de todos los lugares posibles, fue más tarde un enigma en el recuerdo de muchos, incluido el coronel. Lo recordaban como una especie de pesadilla, como algo que no pudieron controlar. Tal vez hubiera realmente cierto magnetismo en el hipnotizador, o quizás hubiera incluso más magnetismo en el hipnotizado. De cualquier modo, el hombre estaba siendo hipnotizado, ya que Horne Fisher se había derrumbado en una silla con sus largas extremidades laxas y extendidas. Sus ojos miraban fijamente al vacío, y el otro hombre lo estaba hipnotizando mientras realizaba amplios movimientos con sus brazos cubiertos de tela oscura como si fueran negras alas. El coronel había pasado del punto de explosión y se daba cuenta vagamente de que había que permitirles sus caprichos a los aristócratas excéntricos. Se consoló con el conocimiento de que ya había llamado a la policía, quien interrumpiría cualquier farsa, y se encendió un puro, cuya roja punta brilló como protesta en la creciente oscuridad.

—Sí, veo bolsillos —estaba diciendo el hombre en trance—. Veo muchos bolsillos, pero todos están vacíos. No... Veo un bolsillo que no está vacío.

Se produjo un débil movimiento en la quietud y el mago dijo:

—¿Puede ver lo que contiene el bolsillo?

—Sí —contestó el otro—, hay dos objetos brillantes. Creo que son dos trozos de acero. Uno de los trozos de acero está curvado o torcido.

—¿Los han usado para llevarse la reliquia de la cámara subterránea?

—Sí.

Se produjo otra pausa y el inquisidor añadió:

—¿Ve algo de la reliquia en sí?

—Veo algo que brilla en el suelo, como su sombra o su espíritu. Está ahí, en la esquina del otro lado del escritorio.

Hubo un revuelo de hombres que se giraban y entonces una repentina quietud, como si se pusieran tensos, ya que, en la esquina, sobre el suelo de madera, realmente había un punto redondo de pálida luz. Era el único punto de luz en la habitación. El puro se había apagado.

—Señala el camino —intervino la voz del oráculo—. Los espíritus están indicando el camino de la penitencia y animal al ladrón a restituir lo robado. No veo nada más.

Su voz dio paso a un silencio firme que permaneció durante muchos minutos, como el largo silencio que se hizo abajo cuando el robo se hubo cometido. Entonces se vio roto por el sonido de metal en el suelo, y el sonido de algo que daba vueltas y caía, como si hubieran lanzado un medio penique.

—¡Enciendan la lámpara! —gritó Fisher con voz fuerte y casi jovial, al tiempo que se levantaba de un salto con mucha menos languidez de lo habitual—. Debo irme ahora, pero me gustaría verlo antes de marcharme. Es que vine con el expreso propósito de verlo.

La lámpara prendió y lo vio, ya que el Penique de san Pablo estaba tirado en el suelo a sus pies.

—Oh, en cuanto a eso —explicó Fisher mientras disfrutaba de un almuerzo con March y Twyford un mes más tarde—, tan sólo quise ganarle al mago con su mismo juego.

—Pensé que pretendía capturarle en su propia trampa —dijo Twyford—. Sigo sin comprender nada de lo que pasó, pero en mi mente él siempre fue el principal sospechoso. No creo que fuera necesariamente un ladrón en el vulgar sentido de la palabra. La policía siempre parece creer que se roba plata por la plata en sí, pero algo así bien podría haber sido robado por una suerte de locura religiosa. Un monje fugado reconvertido en místico bien podría quererlo para algún propósito místico.

—No —replicó Fisher—, el monje huido no es un ladrón. Y, en cualquier caso, él no fue el ladrón. Y tampoco es un completo mentiroso. Dijo al menos una cosa cierta esa noche.

—¿Y qué fue? —preguntó March.

—Dijo que todo era magnetismo. De hecho, todo se hizo gracias a un imán.

Al ver que seguían con aspecto confundido, añadió:

—Fue el imán de juguete que pertenecía a su sobrino, señor Twyford.

—Pero no lo entiendo —objetó March—. Si lo hicieron con el imán del colegial, supongo que lo hizo el colegial.

—Bueno —respondió Fisher en tono reflexivo—, todo depende de qué colegial.

—¿Qué demonios quiere decir?

—El alma de un colegial es algo curioso —continuó Fisher como si meditara—. Puede sobrevivir a muchas cosas además de trepar por una chimenea. Un hombre puede volverse cano en grandes campañas y seguir teniendo alma de colegial. Un hombre puede regresar de la

India con una reputación intachable y ser puesto al cargo de un gran tesoro público, y seguir teniendo alma de colegial, esperando a que un accidente lo despierte. Y hay que multiplicarlo por diez cuando al escolar le añadimos el escéptico, que por regla general es un colegial atrofiado. Usted acaba de decir que se pueden realizar acciones por locura religiosa. ¿Ha oído hablar alguna vez de la locura profana? Le aseguro que existe de un modo violento, en especial en hombres a los que les gusta dejar en ridículo a los magos de la India. Pero aquí el escéptico sintió la tentación de exponer una farsa mucho más tremenda en su propio terreno.

Se hizo la luz en los ojos de Harold March cuando entendió de repente, como desde lejos, la mayor implicación de la sugerencia. Pero Twyford seguía esforzándose por resolver los problemas de uno en uno.

—¿De verdad está diciendo —dijo—, que el coronel Morris sustrajo la reliquia?

—Era la única persona que pudo usar el imán —replicó Fisher—. De hecho, su servicial sobrino le dejó una cantidad de objetos que podía usar. Tenía un rollo de cuerda y un instrumento para hacer un agujero en el suelo de madera... Jugué un poco con ese agujero en el suelo durante mi trance, por cierto; con las luces encendidas en el sótano, brillaba como un chelín de nuevo cuño.

Twyford se agitó en su silla de repente.

—Pero en ese caso... —exclamó con una nueva y alterada voz—. Pero entonces... Por supuesto... ¿Usted mencionó un trozo de acero...?

—Dije que había dos trozos de acero —dijo Fisher—. El trozo curvado de acero era el imán del niño. El otro era la reliquia en su urna de cristal.

—Pero eso es plata —contestó el arqueólogo con voz casi irreconocible ahora.

—Oh —contestó Fisher suavemente—. Me atrevo a decir que la moneda sólo está pintada con plata.

Se hizo un pesado silencio. Harold March le puso fin.

—Pero ¿dónde está la auténtica reliquia?

—Donde ha estado desde hace cinco años —respondió Horne Fisher—. En posesión de un millonario loco llamado Vadam, en Nebraska. El otro día vi una socarrona fotografía suya en unas hojas de sociedad, donde mencionaban sus delirios y que siempre se había sentido atraído por las reliquias.

Harold March miraba el mantel con el ceño fruncido; tras unos instantes, dijo al fin:

—Creo que entiendo su idea de cómo sucedió todo en realidad; según eso, Morris sólo hizo un agujero y pescó la moneda con un imán amarrado a una cuerda. Tal diablura parece simple locura, pero supongo que estaba loco, en parte por el aburrimiento de vigilar lo que sentía que era un fraude, aunque no pudiera demostrarlo. Entonces vio la oportunidad de demostrarlo, aunque sólo fuera ante sí mismo, y se divirtió mientras lo hacía. Sí, creo que entiendo muchos de los detalles ahora. Pero es todo el asunto lo que me choca. ¿Cómo llegó a suceder todo eso?

Fisher lo estaba mirando con párpados entrecerrados y actitud impasible.

—Se tomaron todas las precauciones —dijo—. El duque llevaba la moneda él mismo y la encerró en la urna con sus propias manos.

March estaba mudo, pero Twyford tartamudeó.

—No le entiendo. Me pone los pelos de punta. ¿Por qué no habla más claro?

—Si hablara más claro, me entendería menos —dijo Horne Fisher.

—Debería intentarlo de todas formas —dijo March, que seguía sin levantar la cabeza.

—Oh, muy bien —replicó Fisher con un suspiro—. La pura verdad es, por supuesto, que es un asunto grave. Y aún es peor que todo el mundo se entere de la gravedad del asunto. Pero ocurre continuamente y, de algún modo, no podemos culparlos. Se quedan prendados de una princesa extranjera que es tan rígida como una muñeca de porcelana, y mantienen una aventura amorosa. En este caso fue una aventura muy intensa.

El rostro del reverendo Thomas Twyford ciertamente sugería que estaba un poco fuera de su elemento en los mares de la verdad, pero como el otro continuó hablando vagamente, las facciones del anciano caballero se agudizaron.

—No sabría decir si fue una decente aventura morganática, pero él debe de haber sido un tonto para derrochar montones de dinero en una mujer así. Al final, se trató de un puro chantaje; pero es de agradecer que el pobre idiota no les sacara ese dinero a los contribuyentes. Sólo pudo sacárselo al yanqui, y ahí lo tienen.

El reverendo Thomas Twyford se había puesto en pie.

—Bueno, me alegro de que mi sobrino no tuviera nada que ver con el asunto —dijo—. Y si así es como es el mundo, espero que nunca tenga nada que ver con él.

—Espero que no —contestó Horne Fisher—. Nadie sabe tan bien como yo que uno puede tener demasiado que ver con el mundo.

Porque Summers Minor, de hecho, no tuvo nada que ver con el asunto, y forma parte de su mayor significado que en realidad no tuviera ninguna implicación en la historia, ni en ninguna historia de tal calibre. El niño pasó como una bala por el enredo de este cuento de corrupción política y alocada burla, y llegó al otro lado para perseguir sus propios y puros propósitos. Desde lo alto de la chimenea por la que había trepado había divisado un nuevo autobús, cuyo color y nombre desconocía, de igual modo que un naturalista podría ver un nuevo pájaro o un botánico una nueva flor. Y se había sentido tan cautivado que corrió tras él para poder viajar en esa nave encantada.

CAPÍTULO IV

El pozo sin fondo

En un oasis, o isla verde, en los amarillos y rojos mares de arena que se extienden más allá de Europa hacia la salida del sol, podemos encontrar un fantástico contraste que es, no obstante, típico de tal lugar desde que los tratados internacionales lo convirtieron en puesto fronterizo de la ocupación británica. El lugar es famoso entre los arqueólogos por algo que apenas llega a ser un monumento, sino más bien un agujero en el terreno. Pero se trata de un hueco redondo, como el de un pozo, y es probable que forme parte de algún sistema de riego de fecha remota y disputada, quizás más antiguo que cualquier otra cosa en esa antigua tierra. Existe un reborde verde de palmas y chumberas alrededor de la negra boca del pozo; sin embargo, no queda nada de la mampostería superior a excepción de dos voluminosas y maltrechas piedras que se alzan como los pilares de una puerta a ninguna parte, en las que algunos de los arqueólogos más transcendentales, en ciertos momentos del ocaso o la salida de la luna, creen poder recorrer las débiles líneas de figuras o rasgos de más de una monstruosidad babilónica; mientras que los arqueólogos más racionalistas, en las horas más racionales del día, no veían más que dos rocas sin forma. Sin embargo, es digno de mención que no todos los ingleses son arqueólogos. Muchos de aquellos reunidos en tal lugar por motivos oficiales o militares tienen otras aficiones además de la arqueología. Y es un hecho solemne que los ingleses en el exilio oriental hubieran planeado construir un pequeño campo de golf en la arena y los verdes arbustos; contaba con una cómoda casa club en un extremo y este monumento primitivo en el otro. En realidad, no usaron este abismo arcaico como búnker porque era inconmensurable por tradición, e incluso insondable por motivos prácticos. Cualquier proyectil deportivo enviado dentro de él podría contarse, literalmente, como bola perdida. Pero a menudo se paseaban a su alrededor en sus interludios para hablar y fumar cigarrillos, y uno de ellos acababa de llegar desde la casa club para encontrarse a otro mirando con hosquedad dentro del pozo.

Ambos ingleses vestían ropa clara y salacots blancos con un pañuelo, pero ahí acababa el parecido entre ellos. Y ambos dijeron la misma palabra casi simultáneamente, pero la pronunciaron con dos tonos diferentes de voz.

—¿Ha oído la noticia? —preguntó el hombre del club—. Magnífico.

—Magnífico —replicó el hombre junto al pozo. Pero el primer hombre pronunció la palabra como lo haría un joven en referencia a una mujer, y el segundo como un viejo que hablara del tiempo, no sin sinceridad, pero ciertamente sin fervor.

Y en eso, el tono de los dos hombres era suficientemente típico de cada uno de ellos. El primero, un tal capitán Boyle, era un hombre audaz y de aspecto juvenil, moreno, con una suerte de calor nativo en el rostro y que no pertenecía al ambiente oriental, sino más bien a los ardores y ambiciones de occidente. El otro era un hombre de mayor edad y ciertamente un residente más antiguo, un funcionario civil de nombre Horne Fisher, cuyos párpados caídos y bigote rubio descolgado expresaban todas las paradojas de un inglés en oriente. Tenía demasiado calor para mostrar algo que no fuera frialdad.

Ninguno de los dos creyó necesario mencionar qué era eso tan magnífico. De hecho, habría sido una conversación superflua sobre algo que todos sabían. La sorprendente victoria sobre una amenazante combinación de turcos y árabes en el norte, ganada por tropas a las órdenes de lord Hastings, el veterano de tantas notables victorias, ya había sido comentada por los periódicos de todo el Imperio, por no hablar de esta pequeña guarnición tan cerca del campo de batalla.

—Bueno, ninguna otra nación del mundo podría haber conseguido algo así —exclamó el capitán Boyle con énfasis.

Horne Fisher seguía mirando el interior del pozo en silencio; respondió un momento más tarde.

—Ciertamente poseemos el arte de deshacer los errores. Es ahí donde se equivocaron los pobres prusianos. Sólo sabían cometer errores y lo hicieron a rajatabla. Realmente se requiere cierto talento para deshacer los errores.

—¿A qué se refiere? —preguntó Boyle—. ¿Qué errores?

—Bueno, todo el mundo sabe que dimos un bocado más grande del que podíamos tragar —replicó Horne Fisher. Una peculiaridad del señor Fisher era que siempre decía que todo el mundo sabía cosas sobre las que una persona entre dos millones podía enterarse—. Y fue sin duda pura suerte que Travers apareciera en el momento más oportuno. Es extraño lo a menudo que el lugarteniente nos saca las castañas del fuego, aun cuando sea un gran hombre quien esté al mando. Como Colborne en Waterloo.

—Esto hace que añadamos toda una provincia al Imperio —observó el otro.

—Bien. Supongo que los Zimmern habrán insistido en ello y en que llegue hasta el canal —observó el pensativo Fisher—, aunque todos sabemos que añadir provincias no siempre sale rentable hoy en día.

El capitán Boyle frunció el ceño con expresión ligeramente perpleja. Era bastante consciente de no haber oído hablar de los Zimmern en su vida, de modo que sólo pudo decir impasible:

—Bueno, es que uno no puede ser tan sólo un pobre inglesito.

Horne Fisher sonrió, y fue una sonrisa agradable.

—Todos los hombres que están aquí son pobres inglesitos —dijo—. Y desean estar de vuelta en su pequeña Inglaterra.

—Me temo que no sé de qué me habla —dijo el hombre más joven con bastante recelo—. Uno pensaría que en realidad no admira a Hastings ni... ni... ni nada.

—Le admiro muchísimo —replicó Fisher—. Con diferencia, es el mejor hombre para este puesto; él entiende a los musulmanes y puede manejarlos a su antojo. Por esto estoy tan en contra de lanzar a Travers contra él, simplemente por este último asunto.

—En realidad no entiendo qué es lo que insinúa —dijo el otro con franqueza.

—Tal vez no merezca la pena entenderlo —respondió Fisher con ligereza—, y, de todos modos, no necesitamos hablar de política. ¿Conoce la leyenda árabe sobre ese pozo?

—Me temo que no sé mucho sobre leyendas árabes —dijo Boyle con tono envarado.

—Eso es todo un error —replicó Fisher—, en especial desde su punto de vista. El mismo lord Hastings es una leyenda árabe. Y quizás sea eso lo mejor de su persona. Si su reputación se deteriorase, nos debilitaría a todos por toda Asia y África. Bueno, la historia sobre ese agujero en el suelo, que llega hasta donde nadie sabe, siempre me ha fascinado bastante. Ahora es mahometana, pero no me extrañaría que el relato fuera aún más antiguo que los musulmanes. Todo gira en torno a alguien a quien llaman sultán Aladino, que no se trata de nuestro amigo el de la lámpara, por supuesto, sino que más bien se le parece en lo de relacionarse con genios, gigantes y criaturas de esa índole. Dice que ordenó a los gigantes que le construyeran una especie de pagoda que se alzara hasta llegar más arriba de las estrellas. Lo Supremo en Altura, como la gente decía cuando construyeron la Torre de Babel. Pero los constructores de la Torre de Babel eran personas muy modestas y domésticas, como ratones, en comparación con el viejo Aladino. Sólo querían una torre que llegara al cielo, una nimiedad. Él quería una torre que sobrepasara el cielo y se elevara por encima de él, y que continuara elevándose sin fin. Y Alá lo desterró a la tierra con un rayo que se hundió en la tierra, perforándola cada vez más profundo, hasta que construyó un pozo que no tenía fondo, de igual modo que la torre no iba a tener techo. Y el alma del soberbio sultán sigue cayendo por toda la eternidad por esa invertida torre de oscuridad.

—Es usted un tipo muy raro —dijo Boyle—. Habla como si cualquiera pudiera creerse esas fábulas.

—Quizás creo en la moraleja y no en la fábula —contestó Fisher—. Pero aquí llega *lady* Hastings. Creo que usted la conoce.

La casa club del campo de golf se usaba, por supuesto, para muchos otros propósitos además del golf. Era el único centro social de la guarnición junto al cuartel general, que era estrictamente militar; tenía sala de billar y un bar, e incluso una excelente biblioteca de consulta para aquellos oficiales que eran tan obstinados como para tomarse su profesión en serio. Entre ellos se encontraba el mismísimo general, cuya cabeza plateada y tez bronceada, como el de un descarado águila, se podían ver a menudo inclinadas sobre los mapas y los infolios de la biblioteca. El gran lord Hastings creía en la ciencia y en el estudio, como en otros serios ideales de la vida, y le había dado muchos consejos paternales al joven Boyle sobre ese tema, ya que las apariciones del joven en ese lugar de investigación eran mucho más intermitentes. Era uno de esos arrebatos de estudio de donde acababa de salir el joven por las puertas acristaladas de la biblioteca hacia el campo de golf. Pero, sobre todo, el club estaba equipado para cubrir las necesidades sociales de las damas tanto como las de los caballeros, y *lady* Hastings podía desempeñar el papel de reina en tal sociedad casi tanto como si estuviera en su propio salón de baile. Era sumamente calculadora y, como decían algunos, estaba decididamente inclinada a representar tal papel. Era mucho más joven que su marido, una mujer atractiva; a veces peligrosamente atractiva, y el señor Horne Fisher la miraba con algo de sarcasmo mientras se alejaba con el joven soldado. Entonces sus tristes ojos se desviaron hacia los verdes y espinosos matorrales que rodeaban el pozo, matorrales de esa curiosa formación como un cactus, en el que una gruesa hoja crece directamente en otro sin tallo ni ramitas. Le proporcionó a su fantasiosa mente la sensación siniestra de un matorral ciego sin forma ni propósito. Una flor o arbusto en occidente crece hasta la flor, que es su corona, y se siente satisfecha. Pero esto era como si a las manos les crecieran manos, o a las piernas les crecieran piernas, en una pesadilla.

—Siempre añadiendo provincias al Imperio —dijo con una sonrisa, y luego añadió con tristeza—, pero dudo que yo tuviera razón después de todo.

Una fuerte pero afable voz lo sacó de sus reflexiones. Levantó la vista y sonrió al ver el rostro de un viejo amigo. La voz resultaba, de hecho, mucho más afable que el rostro, el cual se veía a primera vista decididamente sombrío. Era un rostro típicamente legal, con mandíbula angulosa y pesadas cejas canosas; y el rostro pertenecía a un personaje claramente legal, aunque ahora estaba agregado a la policía de ese salvaje distrito con un rol semimilitar. Cuthbert Grayne era quizás más criminólogo que abogado o policía, pero en los entornos más bárbaros había demostrado ser competente al convertirse en una combinación práctica de los tres papeles. El descubrimiento de toda una serie de crímenes orientales era mérito suyo. Pero como pocas personas están familiarizadas con, o se sienten atraídas por tal afición o rama del conocimiento, su vida intelectual era algo solitaria. Entre las pocas excepciones se encontraba Horne Fisher, quien poseía la curiosa capacidad de hablar casi con todo el mundo, casi de cualquier cosa.

—¿Estudia botánica o arqueología? —preguntó Grayne—. Nunca llegaré al final de sus intereses, Fisher. Debería decir que lo que usted no sepa no merece la pena ser aprendido.

—Se equivoca —replicó Fisher con una brusquedad muy inusual, incluso con amargura—. Es lo que sé lo que no merece la pena aprender. Todo ese lado sórdido de las cosas, todas las razones secretas y los podridos motivos y los sobornos y los chantajes que llaman política. No necesito sentirme tan orgulloso de haber bajado a esas cloacas como para alardear de ello con los muchachos en las calles.

—¿Qué quiere decir? ¿Qué le sucede? —preguntó su amigo—. Jamás le había visto tan afectado por ello.

—Me avergüenzo de mí mismo —replicó Fisher—. Sólo he estado arrojando agua fría sobre el entusiasmo de los muchachos.

—Incluso esa explicación es apenas exhaustiva —observó el experto en crímenes.

—Por supuesto que ese entusiasmo no era más que malditas estupideces de los periódicos —continuó Fisher—, pero yo debería saber que, a cualquier edad, las ilusiones sólo pueden ser ideales. Y son mejores que la realidad, de cualquier modo. Pero hay una muy fea responsabilidad en sacar bruscamente a un joven de la rutina del ideal más podrido.

—¿Y qué puede ser? —inquirió su amigo.

—La propensión a enviarle con la misma energía en una dirección mucho peor —respondió Fisher—; en una suerte de dirección bastante infinita, un abismo sin fondo tan profundo como este pozo sin fondo.

Fisher no volvió a ver a su amigo hasta quince días más tarde, cuando se encontraba en el jardín trasero de la casa club al otro lado del campo de golf, un jardín coloreado en exceso y aromatizado con dulces plantas semitropicales bajo el brillo del atardecer en el desierto. Había otros dos hombres con él, y el tercero era el ahora célebre lugarteniente Tom Travers, que estaba familiarizado con todos, un hombre esbelto y moreno que parecía mayor para sus años, con el ceño fruncido y algo lúgubre en la forma de su negro bigote. Les acababa de servir café solo el árabe que ahora oficiaba como sirviente temporal del club, aunque ya era una figura familiar, e incluso célebre, por ser el antiguo sirviente del general. Respondía al nombre de Said, y era notable entre otros semitas por la antinatural longitud de su amarillento rostro y la altura de su estrecha frente que se veía a veces entre ellos, y le confería una irracional impresión de algo siniestro a pesar de su agradable sonrisa.

—Nunca siento que puedo confiar del todo en ese tipo —dijo Grayne, una vez que el hombre se hubo ido—. Sé que es muy injusto, porque era muy leal a Hastings y dicen que le salvó la vida. Pero los árabes son así a menudo, leales a un sólo hombre. No puedo evitar sentir que podría cortarle el cuello a cualquier otro, e incluso hacerlo a traición.

—Bueno —dijo Travers con una sonrisa agria—, siempre y cuando deje a Hastings tranquilo, al mundo no le importará demasiado.

Se hizo un silencio bastante incómodo, lleno de recuerdos de la gran batalla, y entonces Horne Fisher dijo en voz queda:

—Los periódicos no son el mundo, Tom. No se preocupe por ellos. Todo el mundo en su mundo conoce bien la verdad.

—Creo que más nos vale no seguir hablando del general ahora —comentó Grayne—, ya que acaba de salir del club.

—No se dirige hacia aquí —dijo Fisher—. Sólo está acompañando a su esposa hasta el coche.

Mientras lo decía, en efecto, la dama apareció bajando las escaleras del club, seguida de su marido, quien entonces la adelantó raudo para abrir la puerta del jardín. Al hacerlo, ella se giró hacia atrás y le habló a un solitario hombre que seguía sentado en una silla de mimbre a la sombra de la entrada, el único hombre que quedaba en el desierto club a excepción de los tres que permanecían en el jardín. Fisher miró por un instante hacia la sombra y vio que se trataba del capitán Boyle.

Al instante siguiente, para su sorpresa, el general reapareció y, volviendo a subir los escalones, le dijo un par de palabras, a su vez, a Boyle. Luego llamó a Said, quien se apresuró a llevarles dos tazas de café, y los dos hombres volvieron a entrar en el club, cada uno portando su taza en la mano. Al instante, un destello de luz blanca en la creciente oscuridad les mostró que habían encendido las lámparas eléctricas en la biblioteca.

—Café e investigaciones científicas —dijo Travers con tono sombrío—. Todos los lujos del aprendizaje y la investigación teórica. Bueno, debo irme ya; yo también tengo trabajo que hacer.

Y se levantó con bastante rigidez, saludó a sus camaradas y se alejó a grandes zancadas en el ocaso.

—Sólo espero que Boyle se esté ciñendo a las investigaciones científicas —dijo Horne Fisher—. No me siento muy cómodo en lo que a él respecta. Pero hablemos de otra cosa.

Hablaron de otros temas más tiempo del que probablemente imaginaron, hasta que la noche tropical llegó y una magnífica luna pintó toda la escena de plata. Pero antes de que fuera lo bastante brillante como para verlo, Fisher ya había notado que las luces de la biblioteca se habían apagado bruscamente. Esperó a que ambos hombres salieran por la entrada del jardín, pero nadie apareció.

—Deben de haber ido a dar un paseo por el campo de golf —dijo.

—Es muy posible —replicó Grayne—. Va a ser una noche preciosa.

Unos segundos después de decirlo, oyeron que una voz los llamaba desde las sombras de la casa club, y se quedaron atónitos al ver que Travers corría hacia ellos mientras gritaba:

—Necesito su ayuda, compañeros —exclamó—. Ha pasado algo muy grave en el campo de golf.

Al cabo estaban atravesando la sala de fumadores del club y la biblioteca, en la más completa oscuridad, tanto mental como material. Pero Horne Fisher, a pesar de afectar indiferencia, era una persona que poseía una curiosa y casi transcendental sensibilidad a los ambientes, y ya sentía la presencia de algo más que un accidente. Chocó contra un mueble en la biblioteca y casi se estremeció por el asombro, ya que el objeto se movió como nunca habría imaginado que un mueble pudiera moverse. Pareció moverse como algo vivo, flexible pero que devolvía el golpe. Un segundo después, Grayne encendió las luces y vio que sólo había tropezado con una de las estanterías giratorias, que había dado una vuelta y le había golpeado. No obstante, su involuntario rechazo le había revelado su propio sentido subconsciente de algo misterioso y monstruoso. Había varias de esas estanterías giratorias diseminadas por la biblioteca; sobre una de ellas estaban las dos tazas de café, y sobre otra había un gran libro abierto. Era el libro de Budge sobre jeroglíficos egipcios, con láminas a color de extraños pájaros y dioses, e incluso al pasar a toda prisa fue consciente de que era extraño que ese, y no cualquier libro sobre ciencia militar, estuviera abierto en ese lugar y en ese momento. Fue incluso consciente del hueco en la ordenada estantería de donde había sido sacado, y casi parecía mirarle de un modo desagradable, como un hueco en la dentadura de un rostro siniestro.

Su carrera los llevó en cuestión de minutos al otro lado del terreno, delante del pozo sin fondo y, a unos metros de él, bajo la luz de la luna, casi tan brillante como la luz del día, vieron lo que habían venido a ver.

El gran lord Hastings yacía boca abajo, en una postura que tenía visos de ser algo extraña y rígida, con un codo erecto sobre su cuerpo, el brazo doblado, y su mano grande y huesuda aferrándose a la crecida y desigual hierba. A unos metros de distancia se hallaba Boyle, casi igual de inmóvil, pero apoyado sobre sus manos y rodillas, mirando fijamente el cuerpo. Podría no haber sido más que conmoción ante un accidente, pero había algo torpe y antinatural en la postura cuadrúpeda y en el rostro boquiabierto. Era como si la razón hubiera abandonado su persona. Detrás no había nada más que el despejado cielo azul meridional y el comienzo del desierto, a excepción de las dos grandes piedras rotas delante del pozo. Y fue bajo tal luz y en tal ambiente que los hombres se imaginaban que podían trazar en ellas enormes rostros malignos que los menospreciaban.

Horne Fisher se agachó y tocó la recia mano que seguía aferrada a la hierba; estaba fría como el mármol. Se arrodilló junto al cuerpo y se aplicó por un momento en realizar otras pruebas. Volvió a incorporarse y dijo con una suerte de segura desesperación:

—Lord Hastings está muerto.

Se hizo un sepulcral silencio, y entonces Travers comentó con voz ronca:

—Este es su departamento, Grayne. Le dejo a usted la tarea de interrogar al capitán Boyle. No consigo entender lo que dice.

Boyle se había recompuesto y se había puesto de pie, pero su rostro seguía mostrando una horrenda expresión, que lo convertía en una máscara nueva o en el semblante de otro hombre.

—Yo estaba mirando el pozo —dijo—, y cuando me giré, él ya se había derrumbado.

La expresión de Grayne era muy sombría.

—Como dice, esto es asunto mío —dijo—. Debo pedirles primero que me ayuden a llevarlo a la biblioteca para poder examinarlo todo a conciencia.

Cuando hubieron depositado el cuerpo en la biblioteca, Grayne se volvió hacia Fisher y dijo, con voz que había recuperado su plenitud y confianza:

—Primero voy a encerrarme para realizar un concienzudo examen. Recurro a usted para que se mantenga en contacto con los demás y realice un examen preliminar de Boyle. Hablaré con él más tarde. Y telefonee al cuartel general para que envíen a un policía; hágale venir de inmediato y que se mantenga a la espera hasta que yo le reclame.

Sin añadir más, el gran investigador criminal entró en la iluminada biblioteca, cerró la puerta con llave tras él, y Fisher, sin replicar, se giró y comenzó a hablar quedo con Travers.

—Es curioso —dijo—, que el asunto sucediera justo delante de ese lugar.

—Ciertamente sería muy curioso —replicó Travers—, si el lugar hubiera tenido parte en ello.

—Creo —respondió Fisher—, que el papel que no jugó es más curioso todavía.

Y con estas palabras que al parecer no tenían sentido, se giró hacia el alterado Boyle y, tomándolo del brazo, comenzaron a pasearse bajo la luz de la luna mientras hablaban en voz baja.

El amanecer había comenzado su brusco resurgir blanco cuando Cuthbert Grayne apagó las luces de la biblioteca y salió al campo de golf. Fisher estaba por allí, solo, con su languidez habitual, pero el enviado de la policía al que había hecho llamar se encontraba al fondo en posición de firmes.

—He enviado a Boyle con Travers —observó Fisher a la ligera—. Él cuidará de él y, de todos modos, es mejor que duerma algo.

—¿Le ha sacado alguna información? —preguntó Grayne—. ¿Le ha contado qué estaban haciendo él y Hastings?

—Sí —respondió Fisher—. Después de todo, me hizo un relato bastante claro. Dijo que, después de que *lady* Hastings se marchara en el coche, el general le pidió que se tomara un café con él en la biblioteca para buscar información sobre antigüedades locales. Él mismo estaba empezando a buscar el libro de Budge en una de las estanterías giratorias cuando el general lo encontró en uno de los estantes de la pared. Tras mirar algunas de las láminas salieron, parece ser que, de un modo precipitado, al campo de golf y se acercaron al antiguo pozo. Y mientras Boyle miraba en su interior, oyó un ruido a su espalda, de modo que se giró y así fue como se encontró al general tirado como lo encontramos. Él mismo se dejó caer de rodillas para examinar el cuerpo, y entonces se vio paralizado por una especie de terror y no puedo acercarse ni tocarlo. Pero no le doy mucha importancia a eso. A veces, se puede hallar a las personas que se ven sorprendidas por una auténtica conmoción en las posturas más extrañas.

Grayne mantenía una ceñuda sonrisa de atención y dijo tras un breve silencio:

—Bueno, no le ha contado demasiadas mentiras. Es realmente un relato claro y consistente de un modo loable de lo que pasó, que omite todo lo de importancia.

—¿Ha descubierto algo ahí dentro? —preguntó Fisher.

—Lo he descubierto todo —declaró Grayne.

Fisher mantuvo un silencio algo taciturno cuando el otro retomó su explicación en tono quedo y seguro.

—Usted tenía razón, Fisher, cuando dijo que el joven corría peligro de adentrarse por caminos oscuros hacia el abismo. Sin importar si, como usted se imaginaba, la sacudida que usted le dio a su visión del general tuvo algo que ver con ello, él lleva un tiempo tratando mal al general. Es un asunto desagradable y no quiero explayarme, pero resulta bastante claro que su esposa tampoco le estaba tratando bien. No sé cuán lejos llegaba el tema, pero llegó hasta el ocultamiento, de algún modo, ya que cuando *lady* Hastings habló con Boyle fue para decirle que había escondido una nota en el libro de Budge en la biblioteca. El general lo oyó, o lo supo de alguna manera, y fue directo al libro, en el que encontró la nota. Confrontó a Boyle con la nota y se montó un escándalo, por supuesto. Y Boyle se vio enfrentado a algo más; se vio confrontado con una terrible alternativa, en la que la vida de un viejo significaba ruina y su muerte significaba triunfo, e incluso felicidad.

—Bien —observó Fisher al fin—, no le culpo por no contarle la parte de la mujer en la historia. Pero ¿cómo sabe lo de la carta?

—La encontré en el cuerpo del general —contestó Grayne—, pero encontré cosas peores. El cuerpo se había quedado rígido de un modo bastante peculiar relacionado con venenos asiáticos de un cierto tipo. Entonces examiné las tazas de café y sé lo suficiente sobre química para encontrar veneno en los posos de una de ellas. Ahora bien, el general se fue directo a la biblioteca, dejando su taza de café sobre la estantería que estaba en el centro de la sala. Mientras le daba la espalda, y Boyle fingía examinar la estantería, se quedó solo con la taza de café. El veneno tarda unos diez minutos en actuar, y un paseo de diez minutos los llevaría hacia el pozo sin fondo.

—Sí —comentó Fisher—, ¿y qué pasa con el pozo sin fondo?

—¿Qué tiene que ver el pozo sin fondo con todo este asunto? —preguntó su amigo.

—No tiene nada que ver con el asunto —replicó Fisher—. Por eso lo encuentro completamente frustrante e increíble.

—¿Y por qué debería ese hoyo en la tierra en particular tener algo que ver con todo esto?

—Es un particular agujero en su caso —dijo Fisher—. Pero no insistiré en eso por ahora. Por cierto, hay otra cosa que debo decirle. Dije que envié a Travers a que se encargara de Boyle. Sería igual de cierto decir que envié a Boyle a que se hiciera cargo de Travers.

—¿Quiere decir que sospecha de Tom Travers? —exclamó el otro.

—Sentía mucha más amargura contra el general de la que Boyle sintió jamás —observó Horne Fisher con curiosa indiferencia.

—Pero hombre, no sabe lo que está diciendo —exclamó Grayne—. Le digo que encontré el veneno en una de las tazas de café.

—Siempre está Said, por supuesto —añadió Fisher—, bien por odio o por contrato. Acordamos que él era capaz de casi cualquier cosa.

—Y acordamos que era incapaz de lastimar a su señor —contestó Grayne.

—Bueno, bueno —dijo Fisher con buen talante—, me atrevo a decir que usted tiene razón. Pero de igual modo me gustaría echar un vistazo a la biblioteca y a las tazas de café.

Entró mientras Grayne se giraba hacia el policía presente y le tendía una nota garrapateada con la orden de que fuera telegrafiada desde el cuartel general. El hombre se cuadró y se marchó apresurado, y Grayne, siguiendo a su amigo hacia la biblioteca, lo encontró junto a la estantería del centro de la sala, sobre la que estaban las tazas vacías.

—Aquí es donde Boyle buscaba el Budge, o fingió buscarlo, según su relato —dijo.

Mientras Fisher hablaba, se agachó en posición casi en cuclillas para mirar los volúmenes en el estante giratorio inferior, ya que toda la estantería no era mucho más alta que una mesa normal. Al instante se incorporó como si lo hubieran pinchado.

—¡Cielo santo! —exclamó.

Muy pocas personas, si las hay, habían visto al señor Horne Fisher comportarse como lo hizo justo entonces. Lanzó una mirada hacia la puerta, vio que la ventana abierta estaba más cerca, salió por ella de un salto cual saltador de vallas, y echó a correr por el césped en pos del policía que se alejaba. Grayne, que se quedó mirándolo fijamente, pronto vio su alta y vaga figura regresar tras haber recuperado su habitual flaccidez y aire de tranquilidad. Se abanicaba despacio con un trozo de papel, el telegrama que había interceptado de un modo tan violento.

—Suerte que lo he detenido —observó—. Debemos mantener este asunto en el más completo silencio. Hastings debe morir de apoplejía o ataque al corazón.

—¿Cuál es el maldito problema? —exigió saber el otro investigador.

—El problema es —dijo Fisher—, que dentro de unos días nos habríamos visto en una muy desagradable tesitura: la de colgar a un hombre inocente o la de echar por tierra el Imperio Británico.

—¿Pretende decir —preguntó Grayne—, que este infernal crimen quede sin castigo?

Fisher lo miró con firmeza.

—Ya ha recibido su castigo —dijo.

Continuó tras una breve pausa.

—Usted reconstruyó el crimen con admirable habilidad, viejo amigo, y casi todo lo que dijo era cierto. Dos hombres con sendas tazas de café entraron en la biblioteca y dejaron sus tazas sobre la estantería y fueron juntos hacia el pozo, y uno de ellos era un asesino que había puesto veneno en la taza del otro. Pero no sucedió mientras Boyle estaba examinando la estantería giratoria. La examinó, claro, en busca del libro de Budge con la nota dentro, pero me figuro que Hastings ya lo había movido a los estantes de la pared. Fue parte de ese nefasto juego que él lo encontrara primero.

»Ahora bien, ¿cómo busca un hombre en una estantería giratoria? Por regla general no va dando saltos en cuclillas como una rana. Simplemente la toca y se la hace girar.

Miraba al suelo con el ceño fruncido mientras hablaba, y había cierta luz bajo sus pesados párpados que a menudo no estaba ahí. El misticismo que se hallaba enterrado en lo más profundo, bajo todo el cinismo de su experiencia, estaba despierto y se movía en las profundidades. Su voz tomó inesperados giros e inflexiones, casi como si dos hombres estuvieran hablando.

—Eso fue lo que hizo Boyle; apenas tocó la estantería y esta dio vueltas con tanta facilidad como el mismo mundo. Sí, casi igual que gira el mundo, ya que la mano que la hizo girar no fue la suya. Dios, que hace girar la rueda de todas las estrellas, tocó esa rueda y la hizo dar una vuelta completa para que Su terrible justicia regresara.

—Estoy empezando a hacerme una borrosa y horrible idea de lo que quiere decir —dijo Grayne despacio.

—Es muy sencillo —dijo Fisher—. Cuando Boyle se incorporó de su agachada posición, algo había pasado que él no había advertido, que su amigo no había notado, que nadie había visto. Las dos tazas de café habían intercambiado sus lugares.

El pétreo rostro de Grayne pareció haber recibido una silenciosa conmoción; ni una arruga se alteró, pero su voz, cuando surgió, se vio inesperadamente debilitada.

—Veo lo que quiere decir —dijo—, y, como dice, cuanto menos se hable del asunto, mejor. No fue el amante quien quiso librarse del marido, sino... al contrario. Y un relato así sobre tal hombre sería nuestra ruina aquí. ¿Sospechaba algo así desde el principio?

—El pozo sin fondo, como le dije —respondió Fisher en voz baja—; eso fue lo que me dejó perplejo desde el principio. No porque tuviera nada que ver con el asunto, sino porque no tenía nada que ver en absoluto.

Hizo una breve pausa, como si eligiera qué enfoque seguir, y luego continuó.

—Cuando un hombre sabe que su enemigo morirá en diez minutos y se lo lleva hasta el borde de un abismo insondable, lo hace porque pretende lanzar su cuerpo allí. ¿Qué otra cosa haría? Hasta el más idiota de los hombres tendría la sensatez de hacerlo así, y Boyle no es ningún idiota. Bien, ¿por qué no lo hizo Boyle? Cuanto más pensaba en ello, más sospechaba que había algún error en el asesinato, por así decirlo. Alguien había llevado a alguien allí para lanzarlo dentro, y aun así no lo lanzó. Ya me había hecho una fea y deforme idea de alguna sustitución o cambio de los roles; entonces me agaché para hacer girar la estantería, y al instante lo supe todo, ya que vi las dos tazas girar una vez más, como lunas en el cielo.

Tras una pausa, Cuthbert Grayne dijo:

—¿Y qué vamos a decirle a los periódicos?

—Mi amigo, Harold March, llega hoy desde El Cairo —dijo Fisher—. Es un periodista brillante y de mucho éxito. Pero, a pesar de todo, es un hombre totalmente honorable, de modo que no debe contarle la verdad.

Media hora más tarde, Fisher volvía a caminar de un lado para el otro delante de la casa club con el capitán Boyle, quien para entonces aparecía con aspecto muy aturdido y asombrado. Y quizás era un hombre más triste y más sabio.

—¿Qué pasa conmigo, entonces? —le estaba diciendo—. ¿Estoy libre de sospechas? ¿Nunca voy a estar libre de sospechas?

—Creo y espero que no vayan a sospechar de usted —respondió Fisher—. Pero ciertamente no se verá libre de toda sospecha. No debe haber sospechas contra él y, por lo tanto, ninguna sospecha contra usted. Cualquier sospecha sobre él, y mucho menos tal noticia sobre él es algo que nos destruiría desde Malta hasta Mandalay. Era tanto un héroe como una auténtica pesadilla para los musulmanes. De hecho, casi se le podría llamar héroe islámico en el servicio inglés. Por supuesto que se llevaba bien con ellos, en parte por su pequeña dosis de sangre oriental que recibió de su madre, la bailarina de Damasco. Todo el mundo lo sabe.

—Oh —repitió Boyle mecánicamente, mirándolo boquiabierto—, todo el mundo lo sabe.

—Me atrevo a decir que había algo de eso en sus celos y feroz venganza —continuó Fisher—. Pero, aun así, el crimen nos arruinaría entre los árabes, con más razón porque fue algo así como un crimen contra su hospitalidad. Ha sido detestable para usted y bastante horroroso para mí. Pero hay algunas cosas que no se pueden hacer de ninguna de las maneras, y mientras yo viva esa es una de ellas.

—¿A qué se refiere? —preguntó Boyle, quien lo miraba con curiosidad—. ¿Por qué se lo toma usted tan a pecho?

Horne Fisher miró al joven con expresión desconcertada.

—Supongo que porque soy un pobrecito inglés —dijo.

—Nunca consigo entender qué quiere decir con ese tipo de declaraciones —respondió Boyle con reservas.

—¿Piensa que Inglaterra es tan insignificante como eso? —dijo Fisher con calidez en su fría voz—. ¿Tan pequeña que no puede retener a un hombre a miles de kilómetros? Usted me sermoneó con gran abundancia de patriotismo ideal, mi joven amigo, pero ahora se trata de patriotismo práctico para usted y para mí, y sin mentiras que lo apoyen. Usted hablaba como si todo siempre nos fuera bien por todo el mundo, con un triunfal clímax que culminaba en Hastings. Le digo que todo nos ha ido mal aquí, excepto para Hastings. Él era el único nombre que nos quedaba y que podíamos conjurar, y eso tampoco debe desaparecer. ¡No, por Dios! Ya es bastante malo que una banda de judíos infernales nos infiltrara aquí, donde no podemos servir ningún interés terrenal inglés y donde todos los infiernos nos atacan, tan sólo porque el entrometido de Zimmern le ha prestado dinero a la mitad de nuestro Gobierno. Ya es bastante malo que un viejo prestamista de Bagdad nos haga pelear sus batallas; no podemos luchar si nos han cortado la mano derecha. Nuestras únicas bazas eran Hastings y su victoria, que en realidad fue la victoria de otra persona. Tom Travers tiene que sufrir y usted también.

Luego, tras un breve silencio, señaló hacia el pozo sin fondo y dijo en tono quedo:

—Le dije que no creía en la filosofía de la Torre de Aladino. No creo que el Imperio crezca hasta llegar al cielo. No creo que la bandera del Reino Unido siga subiendo eternamente como la Torre. Pero si piensa que voy a permitir que la bandera caiga por toda la eternidad, como el pozo sin fondo, hacia la oscuridad del abismo infinito, caída en derrota y escarnio, entre los abucheos de los mismos judíos que nos han dejado secos... no, no lo permitiré, y eso es todo. Ni siquiera, aunque el ministro de Hacienda fuera chantajeado por veinte millonarios con sus periodicuchos sensacionalistas, ni aunque el primer ministro se casara con veinte herederas judías, ni aunque Woodville y Carstairs tuvieran participaciones en veinte minas fraudulentas. Si el asunto ya se está tambaleando en realidad, que Dios nos ayude, pero no debemos ser nosotros quienes lo derribemos.

Boyle lo estaba mirando con tal asombro que era casi miedo, e incluso incluía algo de desagrado.

—De algún modo —dijo—, parece haber algo bastante horrible en las cosas que usted sabe.

—Eso es —replicó Horne Fisher—. No me siento complacido en absoluto con mi pequeño suministro de conocimiento y reflexión. Pero como es parcialmente responsable de que no le cuelguen, creo que usted no debería quejarse.

Y como si se sintiera un poco avergonzado de su alarde inicial, dio media vuelta y se alejó hacia el pozo sin fondo.

CAPÍTULO V

La manía del pescador

A veces, un suceso puede ser demasiado extraordinario para ser recordado. Si está bien alejado del desarrollo de los hechos y, al parecer, no tiene causas ni consecuencias, los eventos posteriores no lo recuerdan y permanece sólo como algo subconsciente que puede causar problemas mucho después por algún accidente. Se distancia como un sueño olvidado; y fue a la hora en la que abundan los sueños, al amanecer y muy pronto tras el fin de la oscuridad, que tal extraña visión se le apareció a un hombre que bajaba en un bote de remos por un río al oeste del país. El hombre estaba despierto; de hecho, se consideraba bastante despierto, ya que se trataba del periodista político Harold March, que iba de camino a entrevistar a varias celebridades políticas en sus casas solariegas. Pero lo que vio era tan intrascendente que bien podría haber sido imaginario. Simplemente se deslizó por su mente y se perdió entre sucesos más tardíos y completamente diferentes; ni siquiera recuperó ese recuerdo hasta mucho después de haber descubierto el significado.

La pálida niebla de la mañana cubría los campos y los juncos a lo largo de la orilla del río; a lo largo del otro lado se alzaba un muro de ladrillos amarillos que casi sobresalía sobre el agua. Había levantado los remos y se dejaba llevar por la corriente cuando giró la cabeza y vio que la monotonía del largo muro de ladrillos se veía interrumpida por un puente: un elegante puente del siglo XVIII con pequeñas columnas de piedra blanca tirando a gris. Había habido inundaciones y el río seguía estando muy crecido, con árboles que parecían enanos al estar medio sumergidos y un estrecho arco de blanco amanecer brillaba bajo la curva del puente.

Mientras su propio bote pasaba bajo el oscuro arco, vio que otro bote venía hacia él, ocupado por un hombre tan solitario como él mismo. Su postura evitaba que se le viera demasiado, pero, conforme se acercaba al puente, se puso de pie en el bote y se giró en redondo. Ya estaba tan cerca de la oscura entrada, sin embargo, que toda su figura aparecía negra contra la luz de la mañana y March no pudo ver ningún rasgo de su rostro a excepción de los extremos de dos largas patillas o bigotes que le otorgaban un aire siniestro a la silueta, como si tuviera cuernos en el lugar equivocado.

Ni siquiera esos detalles habría notado March nunca de no ser por lo que sucedió en el mismo instante. Cuando el hombre pasó por el bajo puente, dio un salto y se colgó del puente, con las piernas colgando, dejando que el bote se alejara por debajo de su cuerpo. March tuvo una fugaz visión de dos piernas negras que pataleaban, luego de una pierna negra que pataleaba, y luego no vio nada excepto la arremolinada corriente y la larga perspectiva del muro. Pero cada vez que volvía a pensar en ello, mucho después, cuando comprendió la historia en la que figuraba, siempre se quedaba fijo en esa forma fantástica, como si esas salvajes piernas fueran un grotesco ornamento grabado en el mismo puente a modo de gárgola. En el momento en el que él simplemente pasó, boquiabierto, corriente abajo. No pudo ver ninguna figura a la fuga sobre el puente, de modo que se imaginó que ya habría huido; pero era medio consciente de que había algún débil significado en el hecho de que, entre los árboles que rodeaban la cabeza del puente frente al muro, vio una farola y, junto a ella, la ancha espalda azul de un policía inconsciente.

Incluso antes de llegar al santuario de su peregrinaje político, tenía muchas cosas en las que pensar además del extraño incidente del puente, ya que el manejo de un bote por un hombre solitario no siempre era fácil, ni siquiera en tan solitario río. De hecho, fue sólo por un accidente imprevisto por lo que su viaje acabó siendo en solitario. El bote había sido comprado y toda la expedición planeada en colaboración con un amigo, quien se había visto obligado a modificar todos sus planes en el último minuto. Harold March tenía que haber emprendido con su amigo Horne Fisher ese viaje tierra adentro hasta Willowood Place, donde el primer ministro era un invitado en ese momento. Cada vez más gente oía hablar de Harold March, ya que sus notables artículos políticos le estaban abriendo las puertas de salones cada vez más grandes. Pero todavía no había conocido al primer ministro. Apenas nadie entre el público general había oído hablar de Horne Fisher, pero él conocía al primer ministro desde siempre. Por esas razones, si los dos hubieran emprendido juntos el planeado viaje, March se habría visto ligeramente inclinado a apresurarlo y Fisher estaría vagamente contento de alargarlo, puesto que Fisher era una de esas personas que había nacido ya conociendo al primer ministro. El conocimiento no pareció producir ningún efecto muy exhilarante, y en su caso se parecía bastante a haber nacido cansado. Pero se sintió claramente molesto al recibir, justo cuando estaba haciendo su ligero equipaje con aparejos de pesca y puros para el viaje, un telegrama desde Willowood en el que se le pedía que acudiera de inmediato en tren, ya que el primer ministro tenía que marcharse esa misma noche. Fisher sabía que a su amigo periodista no le sería posible partir hasta el día siguiente, y a él le gustaba su amigo el periodista, y había anhelado pasar unos días en el río. No sentía particular simpatía o animadversión hacia el primer ministro, pero le desagradaba muchísimo la alternativa de pasar unas horas en el tren. No obstante, aceptaba a los primeros ministros como aceptaba a los trenes: como parte de un sistema, y él, al menos, no era el revolucionario enviado a la tierra para destruir dicho sistema. Así que telefoneó a March para pedirle, con profusión de maldiciones pesarosas y leves tacos, que llevara el bote río abajo como habían dispuesto, y que se encontrarían en Willowood a la hora acordada. Luego salió y llamó a un taxi para que lo llevara a la estación de ferrocarril. Allí se detuvo en el puesto de libros para añadir a su ligero equipaje varios libros baratos de misterio, los cuales leía con gran placer, y sin ninguna premonición de que estuviera a punto de encontrarse una historia tan extraña en la vida real.

Un poco antes del atardecer, llegó con su ligero equipaje ante las puertas del largo jardín ribereño de Willowood Place, una de las fincas más pequeñas de sir Isaac Hook, el dueño de muchos barcos y aún más periódicos. Entró por la puerta que daba a la carretera, en el lado opuesto al río, pero había una cualidad mixta en todo ese paisaje acuoso que recordaba perpetuamente al viajero que el río estaba cerca. Blancos destellos de agua brillaban de repente como espadas o lanzas entre los verdes matorrales. E incluso en el jardín mismo, dividido en secciones separadas por setos y altos árboles, se extendía por todas partes la música del agua. El primero de los verdes patios al que entró parecía ser un campo de cróquet algo descuidado, en el que un solitario joven jugaba cróquet consigo mismo. Aunque no mostraba entusiasmo por el juego, ni siquiera por el jardín, y su rostro cetrino, pero bien formado parecía más taciturno que otra cosa. Se trataba de uno de esos jóvenes que no pueden soportar el peso de la conciencia a menos que estén haciendo algo, y cuyas concepciones sobre hacer algo se limitaban a algún tipo de juego. Era moreno e iba bien vestido a la manera liviana de las vacaciones. Fisher lo reconoció al instante como un joven de nombre James Bullen, a quien llamaban Bunker por alguna razón desconocida. Era sobrino de sir Isaac, pero, lo que era mucho más importante en ese momento, también era el secretario privado del primer ministro.

—¡Hola, Bunker! —saludó Horne Fisher—. Es usted el hombre al que quería ver. ¿Ha llegado ya su jefe?

—Sólo se queda a cenar —respondió Bullen sin apartar la vista de la bola amarilla—. Tiene que dar un gran discurso en Birmingham mañana y va a viajar toda la noche. Irá en coche; me refiero a que conducirá él mismo. Es lo único de lo que se siente realmente orgulloso.

—¿Quiere decir que usted será un buen chico y se quedará aquí con su tío? —respondió Fisher—. Pero ¿qué hará el jefe en Birmingham sin los epigramas que le susurra su brillante secretario?

—No empiece a chincharme —dijo el joven llamado Bunker—. Estoy muy contento de no seguirle. No sabe nada de mapas ni de dinero ni de hoteles ni de nada, y yo tengo que ir de aquí para allá como un guía turístico. En cuanto a mi tío, como se supone que voy a heredar su patrimonio, me parece apropiado estar aquí de vez en cuando.

—Muy apropiado —contestó el otro—. Bueno, nos veremos más tarde.

Y, cruzando el césped, pasó por un hueco del seto.

Iba atravesando el césped hacia el muelle del río, y seguía sintiendo a su alrededor, bajo la cúpula del dorado atardecer, una sensación como un eco del Viejo Mundo en ese jardín hechizado por el río. El siguiente recuadro de césped que cruzó parecía, a primera vista, bastante desierto, hasta que vio en el crepúsculo los árboles en un rincón, donde había una hamaca, y en la hamaca se hallaba un hombre que leía el periódico y balanceaba una pierna por el borde de la red.

También llamó a este hombre por su nombre, y el hombre se deslizó hacia el suelo y se le acercó. Le pareció predestinado que sintiera algo del pasado en los accidentes de ese lugar, ya que la figura bien podría haber sido un fantasma victoriano que visitara de nuevo a los fantasmas de los mazos y los aros de cróquet. Era la figura de un anciano con largas patillas que se veían casi grotescas, y con un singular y bien cortado cuello con su pañuelo correspondiente. Habiendo sido un moderno dandi cuarenta años atrás, había conseguido preservar el dandismo mientras ignoraba las modas. Un sombrero de copa blanco yacía junto al *Morning Post* en la hamaca tras él. Se trataba del duque de Westmoreland, la reliquia de una familia que se remontaba a siglos atrás; y la antigüedad no era heráldica, sino histórica. Nadie sabía mejor que Fisher lo escasos que eran tales nobles en realidad, y cuán numerosos en la ficción. Pero si el duque debía el respeto general del que gozaba a la autenticidad de su linaje o al hecho de que poseía una vasta cantidad de valiosas propiedades era un tema sobre el que la opinión del señor Fisher habría sido más interesante.

—Se le veía tan cómodo —dijo Fisher—, que pensé que debía de ser uno de los criados. Estoy buscando a alguien que se haga cargo de mi maleta. No he traído a nadie conmigo porque tuve que partir con prisas.

—Yo tampoco, de hecho —respondió el duque con cierto orgullo—. Nunca lo hago. Si hay un animal vivo al que desprecio, ese es el ayuda de cámara. Aprendí a vestirme solo a una temprana edad y se supone que lo hago adecuadamente. Puede que esté en mi segunda infancia, pero no llego a que tengan que vestirme como a un niño.

—El primer ministro no ha traído ayuda de cámara, aunque se ha traído un secretario —observó Fisher—. Un empleo diabólicamente inferior. ¿Es cierto que Harker también está aquí, según he oído?

—Está por allí, por el muelle —contestó el duque con indiferencia, y continuó con su estudio del *Morning Post*.

Fisher se abrió camino más allá del último seto verde del jardín hasta llegar a una suerte de camino de sirga y a una isla de madera enfrente. Allí, en efecto, vio una esbelta y oscura figura encorvada casi como un buitre, una postura bien conocida en los tribunales como perteneciente a sir John Harker, el fiscal general. Su rostro estaba arrugado por el esfuerzo mental, ya que, de entre los tres haraganes del jardín, él era un hombre que se había hecho a sí mismo. Alrededor de su calva frente y demacradas sienes se adhería un soso pelo rojo, bastante lacio, como láminas de cobre.

—Todavía no he visto a mi anfitrión —dijo Horne Fisher con un tono ligeramente más serio que el que había usado con los otros—, pero supongo que lo veré en la cena.

—Puede verlo ahora, pero no puede reunirse con él —contestó Harker.

Señaló con la cabeza hacia un extremo de la isla de enfrente y, mirando en la misma dirección, el otro invitado pudo ver la redondez de una cabeza calva y el extremo de una caña de pescar, ambos igualmente inmóviles, sobresaliendo de entre los crecidos matorrales contra el fondo del riachuelo. El pescador parecía estar recostado contra el tocón de un árbol, mirando hacia la otra orilla, de modo que no podían ver su rostro, pero la forma de su cabeza era inconfundible.

—No le gusta que le molesten cuando está pescando —continuó Harker—. Es una especie de manía suya no comer nada más que pescado, y se siente muy orgulloso de pescarlo él mismo. Por supuesto que aboga por la simplicidad, como muchos de estos millonarios. Le gusta llegar y decir que se ha ganado el pan trabajando como un jornalero.

—¿Explica cómo sopla el vidrio y rellena la tapicería? —preguntó Fisher—. ¿O cómo fabrica los tenedores de plata, cultiva las uvas y los melocotones, y diseña todos los estampados de las alfombras? Siempre he oído que era un hombre muy ocupado.

—No creo que lo haya mencionado —contestó el abogado—. ¿A qué viene todo ese sarcasmo?

—Estoy un poco cansado —dijo Fisher—, de la Vida Sencilla y la Vida Ardua que viven los miembros de nuestro pequeño grupo. Todos somos realmente dependientes de casi todo, pero todos hacemos un drama por ser independientes de cualquier cosa. El primer ministro se enorgullece de manejarse sin un chófer, pero no puede vivir sin un factótum y hombre para todo; y el pobre Bunker tiene que interpretar el papel de genio universal, que Dios sabe él nunca estuvo destinado a interpretar. El duque se enorgullece de arreglárselas sin un ayuda de cámara, pero, con todo y con eso, debe de causarle muchísimos problemas a un montón de personas para reunir esas extraordinarias prendas anticuadas que viste. Debe de obligarlos a buscar en el Museo Británico o a saquear tumbas. Sólo ese sombrero blanco debe de requerir una especie de expedición para encontrarlo, digamos que en el polo norte. Y aquí tenemos al viejo Hook fingiendo procurar su propio pescado cuando no podría producir sus propios tenedores y palas de pescado para comerlo. Puede que sea sencillo en cuanto a las cosas sencillas, como la comida, pero le apuesto lo que sea a que es lujoso en cuanto a los lujos, especialmente las cosas pequeñas. No le incluyo a usted; usted ha trabajado demasiado duro como para disfrutar fingiendo que trabaja.

—A veces creo —dijo Harker—, que usted oculta un horrible secreto que a veces sería útil. ¿No ha venido para ver al Número Uno antes de que parta hacia Birmingham?

Horne Fisher contestó en voz baja.

—Sí, y espero tener la suerte de verlo antes de cenar. Tiene que hablar con sir Isaac sobre algo justo después.

—¡Vaya! —exclamó Harker—. Sir Isaac ha terminado de pescar. Sé que se enorgullece de levantarse al alba y recogerse al anochecer.

Y en efecto, el anciano de la isla se había levantado, se dio la vuelta para mostrar una espesa barba gris con rasgos pequeños y hundidos, pero con feroces cejas y ansiosos ojos coléricos. Portando con cuidado sus aparejos de pesca, ya se estaba encaminando de vuelta a tierra firme a través de un puente con un plano camino de piedras, situado un poco más debajo de la poco profunda corriente; luego se giró en redondo para acercarse a sus invitados y saludarlos cortésmente. Había varios peces en su cesto y estaba de buen humor.

—Sí —dijo al reconocer la educada expresión de sorpresa de Fisher—, creo que me levanto antes que el resto de los habitantes de la casa. A quien madruga, Dios le ayuda.

—Por desgracia —dijo Harker—, ayuda al pez a que se coma el cebo.

—Pero el hombre madrugador pesca al pez —respondió el anciano bruscamente.

—No obstante, por lo que he oído, sir Isaac, usted también es un hombre que se acuesta tarde —intervino Fisher—. Debe de necesitar pocas horas de sueño.

—Nunca tuve mucho tiempo para dormir —respondió Hook—, y de todas formas esta noche tendré que trasnochar. El primer ministro quiere que mantengamos una conversación, me dice, y, si tenemos todo en cuenta, creo que más nos valdría vestirnos para cenar.

La cena transcurrió esa noche sin que se hablara de política y con poco más que nimiedades ceremoniales. El primer ministro, lord Merivale, un hombre alto y delgado con rizado cabello gris, fue solemnemente elogioso con su anfitrión en cuanto a sus logros como pescador y la habilidad y paciencia que había demostrado la conversación fluía como el superficial riachuelo sobre el camino de piedras.

—Se necesita paciencia para esperarlos, sin duda —dijo sir Isaac—, y habilidad para atraparlos. Pero en general tengo bastante suerte.

—¿Alguna vez un pez grande ha roto el sedal y se ha escapado? —inquirió el político con respetuoso interés.

—No con el tipo de sedal que uso —contestó Hook con satisfacción—. De hecho, soy un especialista en aparejos de pesca. Si fuera lo bastante fuerte para romper el sedal, entonces sería lo bastante fuerte para tirarme al río con él.

—Una gran pérdida para la comunidad —dijo el primer ministro con una inclinación de cabeza.

Fisher había escuchado todas esas nimiedades con impaciencia interna, esperando su oportunidad, y cuando el anfitrión se levantó, se puso de pie de un salto con un nivel de alerta que rara vez mostraba. Consiguió alcanzar a lord Merivale antes de que sir Isaac se lo llevara para su entrevista final. Sólo quería decirle unas pocas palabras, pero quería decírselas.

Mientras abría la puerta para el primer ministro, dijo en voz baja:

—He visto a Montmirail. Dice que, a menos que protestemos de inmediato a favor de Dinamarca, Suecia ciertamente capturará los puertos.

Lord Merivale asintió.

—Sólo voy a oír lo que Hook tiene que decir sobre el tema —dijo.

—Imagino que hay pocas dudas sobre lo que dirá al respecto —dijo Fisher con una leve sonrisa.

Merivale no respondió, sino que se dirigió con elegancia hacia la biblioteca, adonde su anfitrión ya le había precedido. El resto se encaminó hacia la sala de billar. Fisher sólo le comentó al abogado:

—No tardarán mucho. Ya sabemos que están prácticamente de acuerdo.

—Hook apoya por completo al primer ministro —asintió Harker.

—O el primer ministro apoya por completo a Hook —dijo Horne Fisher, quien comenzó a golpear las bolas sobre la mesa de billar de manera absorta.

Horne Fisher bajó a la mañana siguiente del modo tardío y pausado que se había vuelto un hábito reprensible; era evidente que no pretendía que Dios le ayudase. Pero el resto de los invitados parecían haber sentido una similar indiferencia, y se sirvieron el desayuno sobre el aparador a intervalos durante las horas que rozaban el almuerzo. De modo que no fue hasta muchas horas después cuando les sobrevino la primera sensación de ese extraño día. Llegó en la forma de un joven de pelo claro y expresión inocente, que llegó remando río abajo y desembarcó en el muelle. De hecho, se trataba de Harold March, cuyo viaje había comenzado lejos río arriba a primera hora de esa mañana. Llegó ya entrada la tarde, puesto que se había detenido a tomar el té en un gran pueblo ribereño, y le sobresalía del bolsillo un periódico vespertino de color rosa. Apareció en el jardín junto al río como una silenciosa y educada bomba, pues era una bomba aun sin saberlo.

El primer intercambio de saludos y presentaciones fue bastante común y consistió, en efecto, de la inevitable repetición de excusas por la excéntrica reclusión del anfitrión. Había salido a pescar otra vez, por supuesto, y no se le debía molestar hasta la hora acordada, aunque se encontraba sentado a un tiro de piedra de donde se hallaban ellos.

—Entienda que es su única afición —observó Harker a modo de disculpa—, y, al fin y al cabo, está en su casa. Y es muy hospitalario de otras formas.

—Me temo —dijo Fisher en voz baja—, que se está convirtiendo más en una obsesión que en afición. Sé lo que pasa cuando un hombre de su edad comienza a coleccionar cosas, aunque lo que coleccione sean esos podridos pececillos del río. Acuérdese del tío de Talbot con sus mondadientes, o del pobre Buzzy y sus restos de ceniza de puro. Hook ha realizado muchas cosas en su época, como el gran pacto en el comercio de madera sueca y la Conferencia de Paz de Chicago, pero dudo que ahora le importen ninguno de esos grandes logros más de lo que le importan esos pececillos.

—Vamos, vamos —protestó el fiscal general—. Va a conseguir que el señor March crea que ha venido a visitar a un lunático. Créame, Hook sólo lo hace por diversión, como cualquier otro deporte; lo único que él se enfrenta a lo divertido con tristeza. Pero apuesto a que, si hubiera grandes noticias sobre madera o barcos, abandonaría su diversión y sus peces de inmediato.

—Me extraña —dijo Horne Fisher, quien miraba con ojos soñolientos hacia la isla del río.

—Por cierto, ¿hay noticias de algo? —le preguntó Harker a Harold March—. Veo que tiene ahí un periódico vespertino, uno de esos emprendedores periódicos de la tarde que salen por la mañana.

—El comienzo del discurso de lord Merivale en Birmingham —contestó March mientras le tendía el periódico—. Es sólo un párrafo, pero me parece bastante bueno.

Harker cogió el periódico, lo agitó y lo volvió a doblar para mirar las noticias de última hora. Era, como había dicho March, sólo un párrafo. Pero fue un párrafo que ejerció un efecto peculiar en sir John Harker. Sus caídas cejas se alzaron con rapidez y sus ojos parpadearon; por un momento, se le aflojó la curtida mandíbula. De un extraño modo, parecía un hombre muy anciano. Entonces, endureciendo la voz y pasándole el periódico a Fisher sin que le temblara el pulso, tan sólo dijo:

—Bueno, ahí tenemos la oportunidad de hacer esa apuesta. Ahí tiene las grandes noticias para interrumpir la pesca del anciano.

Horne Fisher estaba mirando el periódico y, sobre sus rasgos más lánguidos y menos expresivos, también pareció producirse un cambio. Incluso ese pequeño párrafo incluía dos o tres grandes titulares, y sus ojos recayeron sobre «Advertencia sensacional a Suecia» y «Protestaremos».

—¿Qué demonios...? —dijo, y sus palabras se suavizaron primero hasta ser un susurro y luego un silbido.

—Debemos contárselo al viejo Hook de inmediato o nunca nos lo perdonará —dijo Harker—. Es probable que quiera ver al Número Uno al instante, aunque puede que ya sea demasiado tarde. Voy a dirigirme hacia él ahora mismo. Apuesto a que, de algún modo, hará que se olvide de sus peces.

Dándose media vuelta, se apresuró a encaminarse por la orilla del río hacia el camino de piedras planas.

March se había quedado mirando a Fisher con asombro ante el efecto que su periódico rosa había producido.

—¿Qué significa todo esto? —exclamó—. Siempre supuse que debíamos protestar en defensa de los puertos daneses, por el bien de Dinamarca y el nuestro propio. ¿Qué es todo este incordio sobre sir Isaac y el resto de ustedes? ¿Piensa que son malas noticias?

—¡Malas noticias! —repitió Fisher—. Pero por supuesto que son unas noticias tan buenas como pudieran serlo. Son grandes noticias. ¡Gloriosas noticias! Y lo mejor de todo es que nos ha tomado a todos por sorpresa. Es admirable. Es inestimable. También es bastante increíble.

Volvió a mirar hacia los grises y verdes de la isla y el río, y sus sombríos ojos se pasearon despacio por los setos y el césped.

—Sentí que este jardín era una suerte de sueño —dijo—, y supongo que debo de estar soñando. Pero la hierba crece y el agua fluye, y algo imposible ha sucedido.

Mientras hablaba, la oscura figura encorvada como un buitre apareció en el hueco del seto justo por encima de él.

—Usted ha ganado la apuesta —dijo Harker con voz dura y casi como un graznido—. Al viejo idiota no le importa nada más que pescar. Me maldijo y me dijo que no hablaría de política.

—Pensé que ese sería el caso —dijo Fisher con modestia—. ¿Qué va a hacer usted ahora?

—Usaré el teléfono del idiota de todos modos —respondió el abogado—. Debo averiguar qué ha pasado exactamente. Yo mismo tengo que hacer de portavoz del Gobierno mañana.

Y se fue corriendo hacia la casa.

En el silencio que se produjo entonces, un silencio muy desconcertante en lo que concernía a March, vieron la pintoresca figura del duque de Westmoreland, con su sombrero blanco y sus patillas, que se acercaba hacia ellos cruzando el jardín. Al instante, Fisher se acercó a él con el periódico rosa en la mano y, con unas pocas palabras, le indicó el apocalíptico párrafo. El duque, que había ido caminando despacio, se quedó muy quieto y, durante unos segundos, se asemejó a uno de esos maniquíes de sastre que se pueden encontrar fuera de una tienda anticuada. Entonces March oyó su voz, que sonaba aguda y casi histérica.

—Pero él debe entenderlo, hay que hacérselo entender. No se lo deben de haber explicado de un modo adecuado —dijo. Luego recuperó cierta plenitud e incluso pomposidad en su voz—. Iré a contárselo yo mismo.

Entre los extraños incidentes de esa tarde, March siempre recordó algo casi cómico en la clara imagen del anciano caballero con su maravilloso sombrero blanco mientras pasaba de piedra en piedra para cruzar el río, como una figura que cruzara entre el tráfico de Piccadilly. Luego desapareció tras los árboles de la isla, y March y Fisher se giraron para encontrarse con el fiscal general, que regresaba desde la casa con semblante de sombría certeza.

—Todo el mundo anda diciendo —dijo—, que el primer ministro ha hecho el mejor discurso de su vida. Peroración y fuertes y prolongados vítores. Financieros corruptos y campesinos heroicos. No volveremos a abandonar a Dinamarca.

Fisher asintió y se giró hacia el camino de sirga, donde vio que el duque regresaba con una expresión bastante aturdida. En respuesta a sus preguntas, respondió con voz ronca y secreta.

—De verdad creo que nuestro pobre amigo no es el mismo de siempre. Se ha negado a escuchar. Me... ah... me sugirió que yo podría asustar a los peces.

Un oído fino podría haber detectado el murmullo del señor Fisher acerca de un sombrero blanco, pero sir John Harker intervino con más decisión.

—Fisher tenía toda la razón. Yo mismo no lo creía, pero queda bastante claro que el pobre ya está obsesionado con esta idea de pescar. Si la casa comenzara a arder a sus espaldas, apenas se movería hasta la caída del sol.

Fisher había continuado su camino hacia el terraplén más elevado del camino de sirga, y ahora estaba oteando con una larga mirada inquisitiva, no hacia la isla, sino hacia las distantes alturas boscosas que conformaban los muros del valle. Un cielo vespertino tan despejado como el del día anterior se iba asentando sobre el tenue paisaje, pero hacia el este ahora aparecía rojo en vez de dorado; apenas se oía nada más que la monótona música del río. Entonces les llegó el sonido de una exclamación apenas contenida por parte de Horne Fisher, y Harold March lo miró con asombro.

—Usted habló de malas noticias —dijo Fisher—. Pues bien, ahora tenemos noticias terribles. Me temo que se trata de un mal asunto.

—¿A qué malas noticias se refiere? —preguntó su amigo, consciente de que había algo extraño y siniestro en su voz.

—El sol se ha puesto —contestó Fisher.

Prosiguió con aspecto del que es consciente de haber dicho algo funesto.

—Debemos conseguir que alguien cruce hasta allí, alguien a quien él escuchará. Puede que esté loco, pero hay método en su locura. Casi siempre hay método en la locura. Es lo que vuelve locos a los hombres, el ser metódicos. Y nunca continúa allí sentado tras la puesta del sol, con todo el lugar cubriéndose de oscuridad. ¿Dónde estará su sobrino? Creo que le tiene mucho cariño a su sobrino.

—¡Mire! —exclamó March con brusquedad—. Parece que ya ha estado allí. Ahí vuelve.

Y, mirando hacia el río una vez más, vieron, oscura contra los reflejos del ocaso, la figura de James Bullen, que pasaba de piedra en piedra con rapidez y bastante torpeza. Una vez resbaló sobre una piedra con una leve salpicadura. Cuando volvió a unirse al grupo de la orilla, su rostro oliváceo se veía anormalmente pálido.

Los otros cuatro hombres ya se habían reunido en el mismo punto y se dirigieron a él casi al unísono.

—¿Qué dice ahora?

—Nada. No dice... No dice nada.

Fisher miró al joven fijamente por un momento; luego salió de su inmovilidad con un sobresalto y, haciéndole señas a March para que lo siguiera, bajó a zancadas hacia el paso del río. En unos segundos se hallaban en el pequeño camino transitado que rodeaba la isla de madera, al otro lado de donde se sentaba el pescador. Entonces se pararon y lo miraron sin decir palabra.

Sir Isaac Hook seguía sentado y apoyado contra el tocón del árbol, y por la mejor de las razones. Una medida de su propio e infalible sedal estaba enrollado dos veces, apretándole el cuello, y luego le daba dos vueltas al tocón detrás de él. El destacado investigador corrió hacia delante y tocó la mano del pescador, la cual estaba tan fría como un pez.

—Se ha puesto el sol —dijo Horne Fisher con el mismo tono terrible—, y nunca más lo verá salir.

Diez minutos después, los cinco hombres, estremecidos por semejante conmoción, se habían vuelto a reunir en el jardín, mirándose entre sí con rostros blancos pero vigilantes. El abogado parecía ser quien más alerta estaba de todo el grupo; era elocuente, aunque algo brusco.

—Debemos dejar el cuerpo como está y telefonear a la policía —dijo—. Creo que mi propia autoridad bastará para interrogar a los sirvientes y examinar los documentos del pobre sir Isaac, para ver si hay algo de importancia. Por supuesto, ninguno de ustedes, caballeros, debe abandonar este lugar.

Quizás había algo en su rápida y rigurosa legalidad que sugería una red o una trampa cerrándose. En cualquier caso, el joven Bullen se hundió, o tal vez explotó, ya que su voz fue como una explosión en el silencioso jardín.

—Nunca le toqué —exclamó—. ¡Juro que no he tenido nada que ver!

—¿Quién dice que lo haya hecho? —exigió Harker con mirada dura—. ¿Por qué llora antes de hacerse daño?

—Por el modo en el que todos ustedes me están mirando —exclamó el joven con furia—. ¿Creen que no sé que siempre están hablando de mis malditas deudas y expectativas?

Para sorpresa de March, Fisher se había alejado de este primer encontronazo para llevarse al duque con él a otra parte del jardín. Cuando estuvo seguro de que los demás no podían oírle, dijo con una curiosa simplicidad en sus formas:

—Westmoreland, voy a ir directo al grano.

—¿Y bien? —dijo el otro, que lo miraba impasible.

—Usted tiene motivos para asesinarle —dijo Fisher.

El duque siguió mirándolo, pero parecía incapaz de articular palabra.

—Espero que usted tuviera motivos para matarle —continuó Fisher suavemente—. ¿Entiende? Es una situación bastante curiosa. Si usted tiene motivos para asesinar, es probable que no lo asesinara. Pero si no tiene ningún motivo, pues entonces quizás lo hizo.

—¿De qué demonios está hablando? —exigió el duque en tono violento.

—Es bastante sencillo —dijo Fisher—. Cuando usted cruzó, él estaba vivo o muerto. Si estaba vivo, podría ser usted quien lo mató; si no, ¿por qué se habría callado sobre su muerte? Pero si estaba muerto y usted tenía algún motivo para matarlo, usted podría haber mantenido silencio por miedo a ser acusado de su muerte.

Hizo una pausa y luego prosiguió con tono distraído.

—Creo que Chipre es un hermoso lugar. Paisajes románticos y personas románticas. Muy embriagador para un hombre joven.

El duque apretó los puños de repente y dijo con voz ronca:

—Pues sí, tenía motivos.

—Entonces no hay que preocuparse por usted —dijo Fisher al tiempo que le tendía la mano con aire de gran alivio—. Estaba bastante seguro de que, en realidad, usted no lo había hecho; usted se llevó un susto cuando lo vio así, como es natural. Como si una pesadilla se hubiera hecho realidad, ¿verdad?

Mientras se desarrollaba esta curiosa conversación, Harker había entrado en la casa, ignorando las protestas del mohíno sobrino, y volvió al punto con un nuevo aire de animación y un fajo de papeles en la mano.

—He telefoneado a la policía —dijo al detenerse para hablar con Fisher—, pero creo que he hecho la mayoría del trabajo por ellos. Creo que he descubierto la verdad. Hay un documento aquí...

Se detuvo, ya que Fisher lo estaba mirando con una expresión singular, y fue Fisher quien habló a continuación.

—Me pregunto si ahí falta algún documento. —Continuó tras una pausa—. Pongamos las cartas sobre la mesa. Cuando usted fue a examinar sus documentos con tanta prisa, Harker, ¿no estaba buscando algo para... para asegurarse de que no lo encontrara nadie más?

Harker no movió ni un pelo rojo de su dura cabeza, pero miraba al otro por el rabillo del ojo.

—Y supongo —dijo Fisher con suavidad—, que es por eso también por lo que nos contó mentiras sobre lo de haber visto a Hook vivo. Usted sabía que había algo que demostraría que usted podría haberlo asesinado, y no se atrevió a decirnos que había sido asesinado. Pero, créame, es mucho mejor ser honesto ahora.

El demacrado rostro de Harker se iluminó de repente como con llamas infernales.

—Honesto —exclamó—, ser sincero no es algo que se aplique mucho a ninguno de ustedes. Todos nacieron en cunas de oro y luego se pavonean con eterna virtud porque no se han embolsado el oro de los demás. Pero yo nací en una pensión en Pimlico y tuve que fabricarme mi propio oro, y no faltaría quien dijera que sólo malogré a una persona honrada. Y si un hombre en apuros se tambalea un poco sobre la cuerda, en su juventud, en las partes más bajas de la ley, que son bastante sórdidas, de algún modo siempre hay un viejo vampiro que se lo tendrá en cuenta toda la vida.

—¿Se refiere a las Golcondas guatemaltecas? —dijo Fisher con compasión.

Harker se estremeció de repente.

—Creo que usted lo sabe todo, como Dios todopoderoso —dijo.

—Sé demasiado —dijo Horne Fisher—, y todo lo que no debería saber.

Los otros tres hombres se iban acercando a ellos, pero antes de que se acercaran demasiado, Harker habló con voz que había recuperado toda su firmeza.

—Sí, destruí un documento, pero la verdad es que también encontré otro documento que creo que nos exonera a todos nosotros.

—Muy bien —dijo Fisher en tono más alto y alegre—, beneficiémonos todos de ese documento.

—Encima de la pila de papeles de sir Isaac —explicó Harker—, había una carta amenazadora de un hombre llamado Hugo. Amenaza con matar a nuestro desafortunado amigo del mismo modo en el que ha sido asesinado en realidad. Es una carta salvaje, llena de escarnio. Lo pueden ver ustedes mismos, pero incide mucho en la costumbre del pobre Hook de pescar en la isla. Sobre todo, el hombre declara estar escribiendo desde un bote de remos. Y como sólo nosotros cruzamos hacia la isla —aquí sonrió de un modo siniestro—, el crimen debe de haberlo cometido un hombre que pasaba en su bote.

—¡Cielo santo! —exclamó el duque con algo que casi equivalía a animación—. ¡Recuerdo a ese tal Hugo muy bien! Era una especie de criado y guardaespaldas de sir Isaac. Verán, sir Isaac temía sufrir algún ataque. Él era... no era muy popular en ciertos grupos. Hugo fue despedido después de que tuvieran una discusión o algo así, pero le recuerdo bien. Era un gran tipo húngaro con un gran bigote que sobresalía a cada lado de su rostro.

Una puerta se abrió en la oscuridad de la memoria de Harold March, o más bien en la de su olvido, y le mostró un brillante paisaje, como el de un sueño perdido. Era más un paisaje marino que terrestre, con prados inundados y árboles bajos y el oscuro arco de un puente. Y por un instante volvió a ver al hombre del bigote como cuernos oscuros saltar al puente y desaparecer.

—¡Ay, Dios! —exclamó—. ¡Me encontré con el asesino esta mañana!

* * *

Horne Fisher y Harold March pasaron un día en el río, después de todo, cuando el pequeño grupo se disolvió con la llegada de la policía. Declararon que la coincidencia de la prueba de March había dejado libre de sospechas a toda la compañía, y cerraron el caso en torno al huido Hugo. Horne Fisher parecía tener serias dudas de que atraparan alguna vez al fugitivo húngaro; tampoco podía fingirse que él hubiera desplegado una energía detectivesca muy demoníaca en el asunto mientras iba recostado en los cojines del bote, fumando y observando al pasar los bamboleantes juncos.

—Fue muy buena idea lo de saltar al puente —dijo—. Un bote vacío no significa gran cosa; no se le ha visto atracar en ninguna orilla y ha salido del puente sin siquiera pasar por él, por así decirlo. Lleva veinticuatro horas de ventaja; su bigote desaparecerá y entonces él también desaparecerá. Creo que podemos albergar esperanzas de que escape.

—¿Esperanzas? —repitió March, quien dejó de remar por un segundo.

—Sí, esperanzas —repitió el otro—. Para empezar, no voy a verme precisamente consumido por una venganza corsa porque alguien haya asesinado a Hook. Puede que haya adivinado lo que era Hook. Un maldito chantajista chupasangre; eso era ese simple, enérgico, competente magnate de la industria. Poseía secretos de casi todo el mundo: uno sobre el pobre Westmoreland acerca de un prematuro matrimonio en Chipre que podría haber dejado a la duquesa en una posición embarazosa; y otro sobre Harker en referencia a una apuesta con el

103

dinero de un cliente cuando era un abogado joven. Por eso perdieron la compostura cuando le encontraron muerto, por supuesto. Sentían que lo habían hecho en un sueño. Pero admito que tengo otra razón para no querer que cuelguen a nuestro amigo húngaro por el asesinato.

—¿Y cuál es? —preguntó su amigo.

—Pues que él no cometió el crimen —contestó Fisher.

Harold March soltó los remos y dejó que el bote fuera a la deriva por el momento.

—¿Sabe? Estaba medio esperando que dijera algo así —dijo—. Resultaba bastante irracional, pero estaba colgando en el ambiente como un trueno en el aire.

—Todo lo contrario. Lo que es irracional es encontrar a Hugo culpable —contestó Fisher—. ¿No ve que lo están condenando por la misma razón por la que han exculpado a todos los demás? Harker y Westmoreland guardaron silencio porque ambos lo encontraron muerto, y sabían que había documentos que les hacían parecer asesinos. Pues bien, Hugo también se lo encontró muerto, y así supo Hugo que había un documento que le haría parecer el asesino. Lo había escrito él mismo el día anterior.

—Pero, en ese caso —dijo March con el ceño fruncido—, ¿a qué intempestiva hora de la mañana se cometió el asesinato en realidad? Apenas era de día cuando me lo encontré en el puente, y eso está a un buen trecho de la isla.

—La respuesta es muy sencilla —respondió Fisher—. El crimen no se cometió por la mañana. El crimen no se cometió en la isla.

March miraba fijamente el agua sin responder, pero Fisher prosiguió como si se le hubiera hecho una pregunta.

—Todo asesinato inteligente implica aprovecharse de algún rasgo poco común en una situación común. El rasgo aquí era el capricho del viejo Hook de ser el primero en levantarse cada mañana, su fija rutina de pescador y su irritación cuando lo molestaban. El asesino lo estranguló en su propia casa la noche anterior, después de cenar, transportó el cadáver con todos sus aparejos de pesca al otro lado del río en mitad de la noche, lo amarró al árbol, y lo dejó allí bajo las estrellas. Era un hombre muerto el que se pasó allí todo el día pescando. Luego el asesino volvió a la casa, o más bien al garaje, y se marchó en su automóvil. El asesino conducía su propio coche.

Fisher le echó un vistazo al rostro de su amigo y continuó.

—Se le ve horrorizado, y el asunto es horrible. Pero otras cosas son horribles también. Si un hombre desconocido se hubiera visto atormentado por un chantajista y viera su vida familiar arruinada, no pensaría que el asesinato de su acosador fuera el más inexcusable de los crímenes. ¿Es peor cuando toda una gran nación queda libre al mismo tiempo que su familia? Con esta advertencia a Suecia es probable que evitemos la guerra, en lugar de precipitarla, y que salvemos miles de vidas mucho más valiosas que la vida de esa víbora. Oh, no estoy diciendo sofisterías ni estoy justificando en serio el asunto, pero la esclavitud a la que los tenía sometidos, a él y a su país, era mil veces menos justificable. Si yo hubiera sido realmente inteligente, lo habría adivinado por su suave y letal sonrisa durante la cena de esa noche. ¿Recuerda esa banal charla sobre cómo el viejo Isaac siempre estaba jugando con los peces? De un modo bastante diabólico, él era un pescador de hombres.

Harold March recogió los remos y comenzó a remar de nuevo.

—Lo recuerdo —dijo—, y también lo de que un pez grande podría romper el sedal y escaparse.

CAPÍTULO VI

El agujero en el muro

Dos hombres, uno arquitecto y el otro arqueólogo, se encontraron en las escaleras de la gran casa de Prior's Park; su anfitrión, lord Bulmer, con su carácter despreocupado, pensó que presentarlos era lo natural. Debe confesarse que, además de despreocupado, también era despistado y no tenía una muy clara conexión en su mente, más allá del sentido de que arquitecto y arqueólogo empiezan con la misma serie de letras. El mundo debe permanecer en una duda reverente en cuanto a si debería haber presentado, siguiendo esa misma lógica, a un diplomático y a un dipsómano, o a un explorador y a un exterminador de ratas. Era un joven grande, rubio, de cuello grueso, repleto de gestos externos, que agitaba sus guantes y blandía su bastón sin ser consciente de ello.

—Ustedes dos deben de tener algo de lo que hablar —dijo con alegría—. Viejos edificios y todas esas cosas. Este es un edificio bastante antiguo, por cierto, aunque quede mal que yo lo diga. Debo pedirles que me disculpen un momento; tengo que ir a supervisar las tarjetas para la fiesta de navidad que mi hermana está organizando. Esperamos verlos allí, por supuesto. Juliet quiere que sea una fiesta de disfraces: abades, cruzados y todo eso. Mis antepasados, supongo.

—Confío en que el abad no fuera un antepasado —dijo el caballero arqueólogo con una sonrisa.

—Imagino que sólo una especie de tío abuelo —contestó el otro entre risas. Y entonces sus errantes ojos se pasearon por el ordenado paisaje que se extendía delante de la casa: una extensión artificial de agua decorada con una anticuada ninfa en el centro, rodeada por un parque de altos árboles que ahora aparecían grises, negros y helados, ya que estaban en mitad de un crudo invierno.

—Está haciendo mucho frío —continuó su señoría—. Mi hermana espera que podamos patinar además de bailar.

—Si los cruzados vienen con la armadura completa —dijo el otro—, deben tener cuidado de no ahogar a sus antepasados.

—Oh, no tema —contestó Bulmer—. Este precioso lago nuestro no tiene ni sesenta centímetros de profundidad.

Y con uno de sus ostentosos movimientos metió su bastón en el agua para demostrar su poca profundidad. El extremo del bastón se veía combado dentro del agua, de modo que parecía que, por un momento, el joven estuviera apoyando su peso en un palo a punto de quebrarse.

—Lo peor que pueden esperar es que un abad se siente de repente —añadió al tiempo que se daba media vuelta—. *Au revoir.* Ya les contaré más tarde.

El arqueólogo y el arquitecto se quedaron en las escaleras, sonriéndose; pero, a pesar de sus intereses comunes, presentaban un considerable contraste personal, y las personas fantasiosas podrían incluso encontrar contradicciones en cada uno si se los consideraba de manera individual. El primero, un tal señor James Haddow, venía de un soñoliento cubil en el Colegio de Abogados, lleno de pergaminos y cuero, ya que la ley era su profesión y la historia era sólo una afición; de hecho, entre otras cosas, era el abogado y procurador de la propiedad de Prior's Park. Pero él mismo estaba lejos de parecer adormilado y se encontraba notablemente despierto, con inteligentes y protuberantes ojos azules, y cabello rojo cepillado con tanta pulcritud como su elegante traje. El segundo, cuyo nombre era Leonard Crane, llegó directo desde una ordinaria y casi *cockney* empresa de construcción y agentes inmobiliarios del suburbio vecino, que se alzaba bajo el sol al final de una fila de casas mal construidas, con planos en brillantes colores y letreros con grandes letras. Pero un observador serio, al echar un segundo vistazo, podría haber visto en sus ojos algo de ese sueño brillante al que llaman visión; y su cabello rubio, aunque no era de un largo pretencioso, iba despeinado sin afectación. Era una verdad manifiesta, aunque melancólica, que el arquitecto era un artista. Pero el temperamento artístico distaba mucho de definirle; había algo más en su persona que no era definible, pero que algunos incluso sentían que era peligroso. A pesar de su aspecto soñador, a veces sorprendía a sus amistades con artes o deportes que se alejaban de su vida ordinaria, como recuerdos de una existencia previa. No obstante, en esta ocasión, se apresuró a negar cualquier autoridad en la afición del otro hombre.

—No voy a mentir —dijo con una sonrisa—. Apenas sé lo que es un arqueólogo, a excepción de que mis oxidados conocimientos de griego sugieren que es un hombre que estudia objetos antiguos.

—Sí —respondió Haddow con tono sombrío—. Un arqueólogo es un hombre que estudia objetos antiguos y descubre que son nuevos.

Crane se lo quedó mirando por un momento y luego volvió a sonreír.

—¿Me atrevo a sugerir —dijo—, que algunas de las cosas de las que hemos estado hablando se encuentran entre las cosas viejas que resultan no ser tan viejas?

Su acompañante también guardó silencio por un momento y la sonrisa en su duro rostro fue más débil cuando respondió en voz baja.

—El muro que rodea el parque es muy antiguo. Su única puerta es gótica y no consigo encontrar ningún rastro de destrucción o restauración. Pero la casa y la finca en general... digamos que las ideas románticas que se infieren a partir de estas cosas son a menudo romances recientes, casi como las novelas que están tan de moda. Por ejemplo, el nombre de este lugar, Prior's Park, hace que todo el mundo se lo imagine como una abadía medieval iluminada por la luna. Me atrevo a decir que los espiritistas ya habrán descubierto el fantasma de un monje allí. Pero, según el único estudio fidedigno en la materia que pude encontrar, el lugar se llamaba simplemente Prior's, de igual modo que cualquier otro sitio rural se llamaría Podger's. Era la residencia de un tal señor Prior, es posible que fuera una granja, erigida aquí en algún momento y que era un punto de referencia local. Oh, hay gran cantidad de ejemplos de lo mismo, aquí y en cualquier otro lugar. Este suburbio nuestro solía ser una aldea, y como algunas personas farfullaban el nombre y lo pronunciaban como Holliwell, muchos poetas menores se daban el gusto de fantasear sobre un pozo sagrado, con hechizos y hadas y toda esa parafernalia, llenando los salones suburbanos de crepúsculo celta. Mientras que cualquiera familiarizado con los datos sabe que «Hollinwall» tan sólo significa «el agujero en el muro», y es probable que haga referencia a algún accidente trivial. Eso es lo que quiero decir cuando digo que no encontramos tantas cosas antiguas como que descubrimos otras nuevas.

Crane parecía haber dejado de prestar atención al pequeño discurso sobre antigüedades y novedades, y la causa de su desasosiego pronto se hizo evidente, ya que se les iba acercando. La hermana de lord Bulmer, Juliet Bray, se acercaba despacio cruzando el césped, acompañada por un caballero y seguida por otros dos. El joven arquitecto se encontraba en tal ilógico estado mental que prefería tres caballeros a uno solo.

El hombre que caminaba con la dama no era otro que el eminente príncipe Borodino, quien era al menos tan famoso como debería serlo un distinguido diplomático, en el interés de lo que llaman diplomacia secreta. Había estado realizando una serie de visitas a diversas mansiones inglesas, y exactamente lo que estaba haciendo en cuanto a diplomacia en Prior's Park era tan secreto como podría desear cualquier diplomático. Era obvio decir que su aspecto habría sido atractivo en extremo si no se encontrara totalmente calvo. Pero, de hecho, eso mismo sería un escueto modo de decirlo. Por muy fantástico que suene, sería mucho más apropiado decir que la gente se habría sorprendido de que le creciera pelo; quedarían tan sorprendidos como si vieran que le crecía pelo a un busto de un emperador romano. Su alta figura estaba encorsetada en un traje ceñido a la cintura que acentuaba su potencial corpulencia, y una flor roja adornaba su ojal. De los dos hombres que caminaban detrás, uno también era calvo, pero solo parcialmente y de un modo más prematuro, ya que su lánguido bigote seguía siendo rubio, y si sus ojos parecían algo cansados era por languidez y no por la edad. Se trataba de Horne Fisher, que hablaba sobre cualquier tema con tanta facilidad y tono perezoso como siempre. Su acompañante era una figura más llamativa, e incluso más siniestra, y disfrutaba de la añadida importancia de ser el amigo más íntimo y antiguo de lord Bulmer. Generalmente se le conocía, con severa simpleza, como el señor Brain; pero se entendía que había sido juez y policía en la India, y que tenía enemigos, quienes habían representado sus medidas contra el crimen como casi criminales. Era un moreno esqueleto andante con ojos oscuros, profundos y hundidos, y con un bigote negro que ocultaba el significado de su boca. Aunque tenía el aspecto de alguien exangüe por alguna enfermedad tropical, sus movimientos eran mucho más enérgicos que los de su lánguido acompañante.

—Todo está dispuesto —anunció la dama con gran animación cuando llegaron a una distancia cómoda para saludarse—. Todo lo que tienen que hacer es vestirse con sus disfraces y puede que también deban ponerse sus patines, aunque el príncipe dice que no van bien con la mascarada, pero a nosotros nos da igual. Ya está helando y no solemos tener tal oportunidad en Inglaterra.

—No es que patinemos todo el año en la India —observó el señor Brain.

—Ni siquiera Italia está principalmente asociada al hielo —dijo el italiano.

—Italia está principalmente asociada al helado —comentó el señor Horne Fisher—. Me refiero a los helados. La mayoría de la gente en este país se imagina que Italia está completamente poblada por heladeros y organilleros. Ciertamente hay muchos representantes de ambas profesiones; tal vez sean un ejército invasor de incógnito.

—¿Cómo sabe que no son los emisarios secretos de nuestra diplomacia? —preguntó el príncipe con una sonrisa ligeramente sardónica—. Un ejército de organilleros podría recoger pistas y sus monos podrían coger todo tipo de cosas.

—De hecho, los organillos están organizados —dijo el frívolo señor Horne Fisher—. Bueno, yo he conocido temperaturas muy frías antes, en Italia e incluso en la India, en las laderas del Himalaya. El hielo en nuestro pequeño y redondo lago será bastante acogedor en comparación.

Juliet Bray era una dama atractiva de pelo y cejas oscuras, alegres ojos, y había una afabilidad e incluso generosidad en sus modales bastante apremiantes. En la mayoría de los asuntos ella podía dominar a su hermano, aunque dicho noble, como muchos otros hombres de vagas ideas, no se libraba de ser un bravucón cuando se sentía acorralado. Ella podía ciertamente dominar a sus invitados, hasta el punto de ataviar a los más respetables y reticentes con su baile de máscaras medieval. Y en realidad parecía que también ejercía su poder sobre los elementos, como una bruja, ya que el tiempo se recrudeció y empeoró con constancia. Esa noche, el hielo del lago era como un suelo de mármol que brillaba a la luz de la luna, y habían empezado a bailar y a patinar sobre él antes de que hubiera oscurecido.

Prior's Park, o, más adecuadamente, el circundante distrito de Holinwall, era una casa solariega que se había convertido en un suburbio; al haber tenido antaño sólo una aldea dependiente a sus puertas ahora encontraba al otro lado de esas puertas las señales de la expansión de Londres. El señor Haddow, que estaba ocupado en investigaciones históricas tanto en la biblioteca como en la localidad, apenas pudo encontrar ayuda en esta última. Ya se había percatado, por los documentos, que Prior's Park había sido originalmente algo como Prior's Farm, llamada así en honor de alguna figura local, pero las nuevas condiciones sociales iban en contra de que rastreara la historia según sus tradiciones. Si aún quedaran algunos de los auténticos campesinos, es probable que él hubiera encontrado alguna persistente leyenda del señor Prior, sin importar lo distante que pudiera ser. Pero la nueva población nómada de oficinistas y artesanos, que de continuo mudaban su hogar de un suburbio al otro, o a sus hijos de un colegio al siguiente, no podía tener continuidad corporativa. Tenían todo ese olvido de la historia que va a todas partes con la extensión de la educación.

No obstante, cuando salió de la biblioteca a la mañana siguiente y vio los invernales árboles alrededor del estanque congelado como un bosque negro, pensó que bien podría encontrarse en lo más profundo de su país. El antiguo muro que rodeaba el parque conseguía que el propio recinto siguiera siendo rural y romántico por completo, y uno podía imaginarse con facilidad que las profundidades de ese oscuro bosque se desvanecían indefinidamente hacia distantes valles y colinas. El gris y el negro y el plateado del bosque invernal eran mucho más severos o sombríos en contraste con los coloridos grupos de carnaval que ya se arremolinaban alrededor del estanque congelado. Porque los invitados de la casa se habían lanzado con impaciencia sobre sus disfraces y el abogado, con su pulcro traje negro y cabello rojo, era la única figura moderna entre ellos.

—¿No va a disfrazarse? —preguntó Juliet al tiempo que sacudía con indignación un alto tocado azul con cuernos del siglo XIV, que enmarcaba su rostro de un modo muy favorecedor, por muy fantástico que fuera—. Todos tienen que estar en la Edad Media. Incluso el señor Brain se ha puesto una especie de bata y dice que es un monje. Y el señor Fisher se ha apoderado de unos viejos sacos de patatas de la cocina y los ha cosido entre sí; se supone que él también es un monje. En cuanto al príncipe, se le ve perfectamente glorioso con las grandiosas túnicas carmesíes de un cardenal. Tiene aspecto de poder envenenar a todo el mundo. Usted simplemente debe ser algo.

—Seré algo más tarde —replicó—. Ahora mismo no soy nada más que un anticuario y un abogado. Tengo que ver a su hermano de inmediato, para tratar unos asuntos legales y también unas investigaciones locales que me encargó hacer. Debo parecer un administrador cuando le haga un informe de mi administración.

—¡Oh, pero mi hermano ya se ha disfrazado! —exclamó la muchacha—. Y tanto que sí. En demasía, si se me permite decirlo. Mire, viene hacia aquí ahora en todo su esplendor.

El noble, en efecto, se dirigía hacia ellos vestido con un magnífico disfraz del siglo XVI en púrpura y oro, con una espada de empuñadura dorada y un sombrero de plumas. También representaba los modales adecuados. En efecto, había algo más que su habitual amplitud de movimientos corporales en su aspecto actual. Por así decirlo, casi parecía que las plumas de su sombrero se le hubieran subido a la cabeza. Hacía ondear su grandiosa capa forrada de oro como las alas de un rey de las hadas en una pantomima; incluso desenvainó su espada con una floritura y la blandió como hacía con su bastón. A la luz de eventos posteriores, parecía haber algo monstruoso y ominoso en esa exuberancia, algo del espíritu que llaman clarividente. En ese instante, lo único que pasó por la mente de unos cuantos fue la posibilidad de que estuviera borracho.

Mientras se acercaba a zancadas hacia su hermana, la primera figura que pasó fue la de Leonard Crane, vestido de verde, con el cuerno y el tahalí y la espada propios de Robin Hood, ya que se encontraba más cerca de la dama, donde, de hecho, podría habérsele encontrado durante una desproporcionada parte del tiempo. Había desplegado uno de sus enterrados talentos en cuestión de patinaje y, ahora que habían acabado de patinar, parecía dispuesto a prolongar su compañía. El bullicioso Bulmer, de broma, le hizo un pase con su espada desenvainada, lanzándole una estocada digna del mejor experto en esgrima, y declamando una cita de Shakespeare demasiado familiar sobre un roedor y una moneda veneciana.

Es probable que Crane se viera dominado justo entonces por una sumisa excitación; de todas formas, al instante sacó su propia espada y se defendió. Y entonces, de repente, para sorpresa de todos los presentes, el arma de Bulmer pareció saltar de su mano y se deslizó por el resonante hielo.

—¡No lo puedo creer! —dijo la dama, como con justificada indignación—. Nunca me dijo que usted también practicaba esgrima.

Bulmer recuperó su espada con aire más desconcertado que molesto, lo cual aumentó la impresión de que había algo irresponsable en su actitud en ese momento; entonces se giró bruscamente hacia el abogado.

—Podemos hacer cuentas sobre la propiedad después de cenar; ya casi me he perdido todo el patinaje y dudo que el hielo aguante hasta mañana por la noche. Creo que me levantaré temprano y daré unas vueltas yo solo.

—No se verá perturbado por mi compañía —dijo Horne Fisher con su tono cansado—. Si tengo que empezar el día con hielo, al estilo americano, lo prefiero en cantidades más pequeñas. Pero yo no madrugo en diciembre. A quien madruga, Dios le manda un catarro.

—Oh, no voy a morirme por pillar un catarro —respondió Bulmer. Y se echó a reír.

* * *

Un considerable grupo de los patinadores estaba formado por los invitados que se alojaban en la casa, y el resto había ido desapareciendo en parejas y tríos algún tiempo antes de que la mayoría de los invitados comenzara a retirarse. Los vecinos, que siempre recibían una invitación a Prior's Park en tales ocasiones, volvían a sus casas en automóvil o a pie; el caballero abogado y arqueólogo había regresado a los tribunales en un tren nocturno, para recoger un documento que necesitaba para su consulta con su cliente; y la mayor parte del resto de invitados andaban sin rumbo y remoloneaban de camino a la cama. Horne Fisher, como si quisiera abstenerse de cualquier excusa para su negativa a madrugar, había sido el primero en retirarse a su dormitorio; sin embargo, por muy adormilado que pareciera, no podía dormir. Había cogido de una mesa el libro sobre topografía antigua en el que Haddow había encontrado sus primeras pistas sobre el origen del nombre local y, al ser un hombre que poseía una callada y singular capacidad para interesarse por cualquier cosa, comenzó a leerlo de principio a fin, tomando notas aquí y allá de los detalles sobre los que su previa lectura le había dejado con ciertas dudas sobre sus actuales conclusiones. Su habitación era la que más cerca se encontraba del lago en mitad del bosque y, por lo tanto, era la más silenciosa, y ni uno sólo de los últimos ecos de las festividades nocturnas podía alcanzarle. Él había seguido con atención el argumento que establecía la derivación de la granja del señor Prior y el agujero en el muro, y se estaba deshaciendo de cualquier fantasía sobre monjes y pozos mágicos, cuando comenzó a ser consciente de un ruido audible en el helado silencio de la noche. No era un ruido particularmente fuerte, pero le pareció que consistía en una serie de golpes secos o pesados golpes, como los que haría un hombre llamando a una puerta para que le dejasen entrar. Fueron seguidos por algo semejante a un débil crujido o chasquido, como si el obstáculo se hubiera abierto o hubiera cedido. Abrió la puerta de su dormitorio y escuchó, pero como oyó charlas y risas en la planta baja, no tuvo razones para temer que hubieran ignorado una llamada o que hubieran dejado la casa sin protección. Se acercó a la ventana abierta, miró hacia el congelado estanque y la estatua iluminada por la luna en el centro de su círculo de oscuros árboles, y volvió a escuchar. Pero el silencio había vuelto a ese silencioso lugar y, tras aguzar el oído durante un tiempo considerable, no pudo oír nada más que el solitario silbido de un lejano tren que partía. Luego se acordó de la cantidad de sonidos anónimos que los insomnes pueden oír durante la más normal de las noches y, con un encogimiento de hombros, se metió cansado en la cama.

Se despertó bruscamente y se sentó en la cama con sus oídos llenos, como si de un trueno se tratase, de los palpitantes ecos de un grito desgarrador. Permaneció rígido por un momento y luego saltó de la cama. Se puso el ancho traje de sacos que había vestido todo el día. Primero fue hacia la ventana, que estaba abierta pero cubierta por una gruesa cortina, de modo que su habitación estaba completamente a oscuras, pero cuando apartó la cortina y sacó la cabeza, vio que el alba gris plateada ya había aparecido por detrás del negro bosque que rodeaba el pequeño lago y eso fue todo lo que vio. Aunque el sonido había entrado por la ventana abierta desde esa dirección, la escena estaba tranquila y vacía bajo la luz de la mañana como lo había estado bajo la luz de la luna.

Entonces la larga y bastante lánguida mano que había apoyado en el alfeizar se sujetó con más fuerza, como para dominar un temblor, y sus curiosos ojos azules se volvieron oscuros por el miedo. Podría parecer que su emoción era exagerada e innecesaria, teniendo en cuenta el esfuerzo de sentido común con el que había dominado su nerviosismo en cuanto al sonido de la noche anterior. Pero ese había sido un sonido de una naturaleza muy diferente. Podría haber surgido de medio centenar de cosas, desde alguien cortando leña hasta la rotura de una botella. Sólo existía una cosa en la naturaleza de la cual podría surgir el sonido que reverberó por la oscura casa al alba. Era la horrible y articulada voz de un hombre; y era algo peor, puesto que conocía al hombre.

También sabía que había sido un grito de auxilio. Le pareció haber oído la palabra, pero la palabra, corta como era, había sido tragada como si hubieran amordazado o se hubieran llevado al hombre mientras gritaba. Sólo el eco burlón del grito permanecía en su recuerdo, pero no le cabía duda de la voz original. No tenía duda de que fue la resonante voz de toro de Francis Bray, el barón Bulmer, la que se oyó por última vez entre la oscuridad y el alba.

Nunca supo cuánto tiempo se quedó allí, pero volvió al presente con un sobresalto al ver al primer ser vivo moverse por el paisaje medio congelado. A lo largo del camino junto al lago, y justo bajo su ventana, una figura caminaba despacio y en silencio, pero con gran compostura: una figura señorial con túnicas de un espléndido carmesí. Se trataba del príncipe italiano, que seguía disfrazado de cardenal. La mayoría de los invitados había vivido con sus disfraces durante el último par de días, y el mismo Fisher había adoptado su traje de saco como una conveniente bata. No obstante, parecía haber algo inusualmente completo y formal, como un pájaro madrugador, en esta magnífica cacatúa roja. Era como si, en vez de madrugar, hubiera estado despierto toda la noche.

—¿Qué pasa? —preguntó con aspereza, inclinándose fuera de la ventana, y el italiano levantó la mirada con su gran rostro amarillento como una máscara de latón.

—Mejor será que lo discutamos aquí abajo —dijo el príncipe Borodino.

Fisher corrió escaleras abajo y se encontró con la gran figura envuelta en su capa escarlata, que entró y bloqueó la entrada con su corpulencia.

—¿Ha oído ese grito? —exigió Fisher.

—Oí un ruido y salí —contestó el diplomático, y su rostro estaba demasiado sumido en las sombras como para leer su expresión.

—Era la voz de Bulmer —insistió Fisher—. Juro que era la voz de Bulmer.

—¿Le conocía usted bien? —preguntó el otro.

La cuestión parecía irrelevante, aunque no ilógica, y Fisher sólo pudo responder de modo casual que conocía a Bulmer ligeramente.

—Nadie parece haberlo conocido bien —continuó el italiano con tono plano—. Nadie excepto ese hombre llamado Brain. Brain es mucho mayor que Bulmer, pero me imagino que compartían muchos secretos.

Fisher hizo un movimiento brusco, como si despertara de un momentáneo trance, y habló con voz renovada y más vigorosa.

—Pero, mire, ¿no sería mejor que saliéramos a ver si ha pasado algo?

—El hielo parece estar descongelándose —dijo el otro, casi con indiferencia.

Cuando salieron de la casa, oscuras manchas y estrellas en la gris superficie del hielo indicaban, en efecto, que el hielo se estaba rompiendo, como su anfitrión había predicho el día anterior, y ese recuerdo de ayer los devolvió al misterio de hoy.

—Él sabía que se descongelaría —observó el príncipe—. Salió a patinar bastante temprano a propósito. ¿Cree que gritó porque cayó al agua?

Fisher parecía perplejo.

—Bulmer sería el último hombre en gritar de esa forma sólo porque se le mojaron las botas. Y eso es todo lo que pudo pasar aquí; el agua apenas llega a la pantorrilla de un hombre de su tamaño. Puede ver las algas en el fondo del lago como si las viera a través de una fina lámina de cristal. No, si Bulmer sólo hubiera roto el hielo, no habría dicho mucho en el momento, aunque es posible que lo hubiera contado a placer después. Nos lo habríamos encontrado dando zapatazos y maldiciendo camino arriba y abajo, gritando que le trajeran botas limpias.

—Esperemos encontrarle tan felizmente ocupado —comentó el diplomático—. En ese caso, la voz debe de haber surgido del bosque.

—Juraría que no salió de la casa —dijo Fisher, y ambos desaparecieron juntos en el ocaso de árboles invernales.

La plantación se erguía oscura contra los ardientes colores del amanecer, un negro borde con esa apariencia ligera que consigue que los árboles desnudos no parezcan duros, sino todo lo contrario. Muchas horas más tarde, cuando el mismo margen, denso pero delicado, se recortaba oscuro contra los verdosos colores enfrentados al atardecer, la búsqueda que había comenzado al alba no había llegado a su fin. En sucesivas etapas, y para los grupos de invitados que se reunían lentamente, se hizo evidente que el más extraordinario de los vacíos había aparecido en su grupo; los invitados no encontraban ni rastro de su anfitrión por ninguna parte. Los sirvientes informaron que no había dormido en su cama, y que su disfraz y sus patines habían desaparecido, como si se hubiera levantado temprano para cumplir con el propósito que él mismo había declarado. Pero buscaron en la casa de arriba abajo, desde los muros que rodeaban el parque hasta el estanque en el centro, y no había ni rastro de lord Bulmer, ni vivo ni muerto. Horne Fisher se dio cuenta de que una escalofriante premonición ya había evitado que él esperase encontrar vivo al hombre. Pero su desnuda frente estaba fruncida ante un problema totalmente nuevo y antinatural, el de no encontrar al hombre en absoluto.

Consideró la posibilidad de que Bulmer se hubiera marchado por voluntad propia, por algún motivo; pero descartó la idea tras someterla a seria consideración. Era incompatible con la inconfundible voz que oyó al amanecer y con muchos otros obstáculos prácticos. Sólo había una puerta en el antiguo y alto muro que rodeaba el pequeño parque; el guarda la mantenía cerrada con llave hasta bien entrada la mañana, y el guarda no había visto pasar a nadie. Fisher estaba bastante seguro de que tenía frente a él un problema matemático en un espacio cerrado. Desde el principio, su instinto había estado tan en armonía con la tragedia que habría sido casi un alivio que encontrara su cadáver. Se habría sentido apenado, pero no horrorizado, al encontrar el cuerpo del noble colgando de uno de sus propios árboles como de un patíbulo, o flotando en su propio estanque como una pálida alga. Lo que le horrorizaba era el hecho de no encontrar nada.

Pronto fue consciente de que no estaba solo ni en sus más individuales y aislados experimentos. A menudo encontraba una figura que lo seguía como si fuera su sombra, en silenciosos y casi secretos claros en la plantación o en periféricos huecos y rincones del antiguo muro. La boca con su oscuro bigote era tan muda como sus profundos ojos eran expresivos, mirando continuamente de aquí para allá, pero estaba claro que Brain había aprendido en la policía india a seguir un rastro como un cazador que va tras un tigre. Al ver que era el único amigo personal del hombre desaparecido, esto resultaba bastante natural, y Fisher decidió ser franco con él.

—Este silencio es bastante tenso —dijo—. ¿Puedo romper el hielo hablando del tiempo? Por cierto, el deshielo ya ha comenzado. Sé que romper el hielo podría ser una melancólica metáfora en este caso.

—No lo creo —replicó Brain con tono cortante—. No creo que el hielo tuviera nada que ver con esto. No veo cómo podría estar relacionado.

—¿Qué propone hacer? —preguntó Fisher.

—Bueno, hemos llamado a las autoridades, por supuesto, pero espero haber averiguado algo antes de que lleguen —replicó el anglo-indio—. No puedo decir que espere mucho de los métodos policiales de este país. Demasiada burocracia, *habeas corpus* y ese tipo de cosas. Lo que queremos es conseguir que nadie salga huyendo; lo más cerca que estaríamos de conseguirlo es si reunimos al grupo y hacemos recuento, por así decirlo. Nadie se ha marchado recientemente, a excepción de ese abogado que husmeaba en busca de antigüedades.

—Oh, él está libre de sospecha. Se marchó anoche —contestó el otro—. Ocho horas después de que el chófer de Bulmer despidiera al abogado en el tren, oí la voz de Bulmer con tanta claridad como oigo la suya ahora.

—Supongo que usted no cree en espíritus —dijo el hombre de la India. Tras una pausa, añadió: —Hay alguien más a quien me gustaría encontrar antes de que vayamos tras un tipo cuya coartada se encuentra en su despacho. ¿Qué ha pasado con ese tipo de verde? ¿El arquitecto que iba vestido de guardabosques? No lo he visto por aquí.

El señor Brain consiguió asegurarse la reunión de todos los consternados invitados antes de la llegada de la policía. Pero cuando comenzó a comentar una vez más sobre el retraso en la aparición del joven arquitecto, se encontró una presencia de un misterio menor y un desarrollo psicológico de un tipo totalmente inesperado.

Juliet Bray se había enfrentado a la catástrofe de la desaparición de su hermano con un sombrío estoicismo en el que había, quizás, más parálisis que dolor. Pero cuando la otra cuestión salió a la superficie, ella se mostró agitada y enfadada.

—No queremos sacar conclusiones apresuradas sobre nadie —estaba diciendo Brain con voz entrecortada—. Pero me gustaría saber un poco más sobre el señor Crane. Nadie parece conocerle demasiado ni cuál es su procedencia. Y parece una coincidencia que ayer mismo midiese su espada con la del pobre Bulmer, y podría haberle herido, ya que demostró ser mejor espadachín. Por supuesto, eso habría sido un accidente y no habría sido posible acusar a nadie, pero es que ahora tampoco tenemos forma de acusar en serio a nadie. Hasta que llegue la policía, sólo somos una panda de sabuesos aficionados.

—Pues yo creo que son una panda de esnobs —dijo Juliet—. Como el señor Crane es un genio que se ha labrado su propio camino, intenta sugerir que es un asesino sin atreverse a decirlo. Porque llevaba una espada de juguete y resultó que sabía cómo usarla, usted quiere hacernos creer que la usó como un maníaco sanguinario por ninguna razón en particular. Y como podía haber herido a mi hermano y no lo hizo, usted deduce que sí lo hizo. Así es como usted razona. Y en cuanto a que ha desaparecido, usted se equivoca en eso tanto como en lo demás, puesto que por ahí llega.

Y, en efecto, la verde figura de Robin Hood se separó lentamente del fondo gris de los árboles y se acercaba a ellos mientras ella hablaba.

Se acercó al grupo despacio, pero con compostura. Se veía decididamente pálido, y los ojos de Brain y Fisher ya habían advertido un detalle de la figura vestida de verde con más claridad que el resto. El cuerno seguía colgando del tahalí, pero la espada había desaparecido.

Para sorpresa de todo el grupo, Brain no formuló la pregunta que tal cosa sugería; más bien, aunque mantuvo el aire de querer liderar la investigación, también tenía aspecto de querer cambiar de tema.

—Ahora que estamos todos reunidos —observó en tono quedo—, hay una pregunta con la que quiero empezar. ¿Alguno vio realmente a lord Bulmer esta mañana?

Leonard Crane paseó su pálido rostro por el círculo de caras hasta que llegó al de Juliet; entonces apretó un poco los labios y dijo:

—Sí, yo lo vi.

—¿Estaba vivo y sano? —preguntó Brain con rapidez—. ¿Cómo iba vestido?

—Parecía encontrarse increíblemente bien —contestó Crane con curiosa entonación—. Iba vestido como ayer, con ese disfraz violeta copiado del retrato de su antepasado del siglo XVI. Llevaba los patines en la mano.

—Y su espada al cinto, supongo —añadió el interrogador—. ¿Dónde está su espada, señor Crane?

—La tiré.

En el singular silencio que se produjo, el hilo de los pensamientos de muchas mentes se convirtió involuntariamente en una serie de coloridas imágenes.

Se habían acostumbrado a que sus originales prendas resultaran más alegres y espléndidas contra el gris oscuro y las franjas plateadas del bosque, de modo que las figuras se movían como santos escapados de una vidriera. El efecto había sido más apropiado porque muchos de ellos habían parodiado distraídamente ropajes pontificios o monásticos. Pero la actitud más llamativa que permaneció en sus recuerdos había sido cualquier cosa menos monástica; se trataba del momento en el que la figura vestida de verde brillante y la que iba vestida de un vivo púrpura habían formado por un segundo una cruz plateada con sus espadas. Incluso aunque había sido de chanza, también había tenido algo de dramatismo. Era un extraño y siniestro pensamiento que, al gris amanecer, las mismas figuras y las mismas posiciones se hubieran repetido como una tragedia.

—¿Se peleó con él? —preguntó Brain de repente.

—Sí —replicó el inmutable hombre de verde—. O él se peleó conmigo.

—¿Por qué se peleó con usted? —preguntó el investigador. Leonard Crane guardó silencio.

Curiosamente, Horne Fisher sólo había prestado atención a medias durante este crucial contrainterrogatorio. Sus soñolientos ojos habían seguido con languidez la figura del príncipe Borodino, quien, llegados a este punto, se había encaminado hacia el borde del bosque y, tras una pausa, como si meditase, había desaparecido amparado por la oscuridad de los árboles.

Lo hizo regresar a la realidad, rescatándolo de su distracción, la voz de Juliet Bray, voz que resonó con una nueva nota de decisión.

—Si ese es todo el problema, será mejor que lo aclaremos. El señor Crane y yo nos hemos prometido en matrimonio y, cuando se lo contamos a mi hermano, no nos dio su aprobación. Eso es todo.

Ni Brain ni Fisher mostraron signo de sorpresa, pero el primero añadió en voz baja:

—Excepto que, supongo, él y su hermano se adentraron en el bosque para discutirlo, donde el señor Crane perdió su espada, por no mencionar a su acompañante.

—Y puedo preguntar —inquirió Crane, con cierta mueca burlona en sus pálidos rasgos—, ¿qué se supone que he hecho con los dos? Adoptemos la alegre teoría de que soy un asesino; aún tienen que demostrar que también soy mago. Si asesiné a su desafortunado amigo, ¿qué hice con el cuerpo? ¿Hice que se lo llevaran siete dragones voladores? ¿O fue simplemente una nimiedad tal como la de convertirlo en una cierva blanca como la nieve?

—No es momento de andarse con desdenes —dijo el juez anglo-indio con brusca autoridad—. No pinta bien para usted que pueda bromear sobre la pérdida.

Los ojos soñadores e incluso tristes de Fisher seguían clavados en el borde del bosque detrás de ellos, y fue consciente de una masa rojo oscuro, como una nube de tormenta vespertina, que brillaba a través del entramado gris de delgados árboles, y el príncipe volvió a emerger del camino con la túnica de cardenal. Brain había tenido una leve idea de que el príncipe podría haber ido en busca de la espada perdida. Pero cuando reapareció, lo que llevaba en la mano no era una espada, sino un hacha.

La incongruencia entre la mascarada y el misterio había creado un curioso ambiente psicológico. Al principio todos se habían sentido horriblemente avergonzados de ser pillados con los tontos disfraces de un festival, en un suceso que tan sólo tenía todos los visos de un funeral. Muchos de ellos ya se habrían ido a vestir con prendas más fúnebres o, al menos, más formales. Pero, de algún modo, en ese momento se sentían como en un segundo baile de máscaras, más artificial y frívolo que el primero. Y al reconciliarse con sus ridículos adornos, una curiosa sensación se apoderó de algunos, de modo notable de los más sensibles, como Crane y Fisher y Juliet, pero en cierto modo también de los demás, a excepción del práctico señor Brain. Era casi como si ellos fueran los fantasmas de sus propios antepasados, aparecidos en el oscuro bosque y lúgubre lago, e interpretaran algún viejo papel que sólo recordaban a medias. Los movimientos de esas figuras coloreadas parecían significar algo que había sido dispuesto mucho tiempo atrás, como una silenciosa heráldica. Acciones, actitudes, objetos externos eran aceptados como alegorías incluso sin la clave, y todos sabían que se avecinaba una crisis, aunque no supieran de qué se trataba. De algún modo, todos supieron de modo subconsciente que toda la historia había dado un nuevo y terrible giro cuando vieron al príncipe salir por el hueco de los cadavéricos árboles, con su túnica de rabioso escarlata y con su ceñudo rostro de bronce, portando en sus manos una nueva forma de muerte. No podrían haber nombrado la razón, pero las dos espadas parecieron, en efecto, haberse convertido en espadas de juguete, en consonancia con la historia de que se habían roto y habían sido desechadas como un juguete. Borodino se parecía a un verdugo del Viejo Mundo, vestido de horrible rojo y portando el hacha para la ejecución de un criminal. Y el criminal no era Crane.

El señor Brain de la policía india fulminaba con la mirada el nuevo objeto y pasaron un par de segundos antes de que hablara con voz ronca y dura.

—¿Qué está haciendo con eso? —preguntó—. Parece el hacha de un leñador.

—Una natural asociación de ideas —observó Horne Fisher—. Si se encuentra a un gato en el bosque, pensaría que es un gato salvaje, aunque puede que tan sólo haya salido a dar un paseo antes de volver al sofá del salón. De hecho, me consta que no es el hacha de un leñador. Es la tajadera de la cocina, o un hacha de carnicero, o algo así, que alguien ha tirado en el bosque. La vi en la cocina cuando fui a por los sacos de patatas con el que me hice el disfraz de ermitaño medieval.

—Da igual. No por ello carece de interés —comentó el príncipe. Le tendió el instrumento a Fisher, quien lo tomó y lo examinó con cuidado—. Un hacha de carnicero que ha hecho una carnicería.

—Ciertamente se trata del arma del crimen —confirmó Fisher en voz baja.

Brain miraba fijamente el tenue brillo azulado de la cabeza del hacha con ojos fieros y fascinados.

—No le entiendo —dijo—. No hay... No tiene marcas.

—No ha derramado sangre —respondió Fisher—, pero, así y todo, ha cometido un crimen. Esto es lo más cerca que el criminal estuvo del crimen cuando lo cometió.

—¿Qué quiere decir?

—Él no estaba allí cuando lo hizo —explicó Fisher—. Es un tipo mediocre de asesino el que no puede asesinar a la gente cuando no está allí.

—Parece estar hablando sólo para crear desconcierto —dijo Brain—. Si tiene algún consejo práctico que impartir, más le vale hacer que sea inteligible.

—El único consejo práctico que puedo sugerir —dijo Fisher con tono pensativo—, es realizar una pequeña investigación sobre la nomenclatura y topografía locales. Dicen que solía haber un señor Prior, que era dueño de una granja en este vecindario. Creo que algunos detalles sobre la vida doméstica del fallecido señor Prior arrojarían luz sobre este horrible asunto.

—¿Y usted no tiene nada más inmediato que ofrecer que su topografía para ayudar a vengar a mi amigo? —dijo Brain con desprecio.

—Bueno —dijo Fisher—, debería averiguar la verdad sobre el Agujero en el Muro.

* * *

Esa noche, tras un tormentoso atardecer y bajo un fuerte viento del oeste que siguió al deshielo, Leonard Crane iba abriéndose camino en un alocado paseo giratorio, dando vueltas y más vueltas siguiendo el contorno del alto y continuo muro que rodeaba el pequeño bosque. Lo acuciaba la desesperada idea de resolver por sí mismo el misterio que había enturbiado su reputación y ya había amenazado su libertad. Las autoridades policiales, ahora al mando de las pesquisas, no le habían arrestado, pero él sabía muy bien que, si intentara adentrarse más en el campo, lo arrestarían al instante. Las pistas parciales de Horne Fisher, aunque se había negado a explicarlas todavía, habían acicateado el temperamento artístico del arquitecto hasta una especie de análisis salvaje, y estaba resuelto a leer el jeroglífico al revés y de cualquier manera hasta que tuviera sentido. Si era algo conectado con el agujero en el muro, encontraría el agujero en el muro. Sin embargo, la verdad era que se veía incapaz de encontrar ni la más mínima grieta en el muro. Sus conocimientos profesionales le decían que la mampostería pertenecía toda al mismo estilo y a la misma época, y, a excepción de la entrada habitual, que no arrojó ninguna luz sobre el misterio, no encontró nada que sugiriera algún escondite o medio de escape. Trazando un estrecho sendero entre la sinuosa pared y la salvaje curva hacia el este con el movimiento de los grises y ligeros árboles, viendo brillos cambiantes de un ocaso perdido parpadear casi como relámpagos mientras las nubes de tempestad se desplazaban con rapidez por el cielo para mezclarse con la primera luz azul de una luna que se fortalecía poco a poco detrás de él, sintió que la cabeza le daba vueltas del mismo modo que sus talones recorrían una y otra vez la ciega y recurrente barrera. Albergaba pensamientos que lindaban con los límites del pensamiento; alucinaciones sobre una cuarta dimensión que era en sí misma un agujero que lo ocultaba todo, sobre verlo todo desde un nuevo ángulo por una nueva ventana en los sentidos; imaginaba una luz y transparencia místicas, como los nuevos rayos de química, que le permitían ver el cuerpo de Bulmer, horrible y brillante, flotando en un resplandeciente halo sobre el bosque y el muro. También lo atormentaba la insinuación, que de algún modo parecía ser igualmente horripilante, de que todo tenía que ver con el señor Prior. Parecía incluso haber algo siniestro en el hecho de que siempre se le mencionara respetuosamente como señor Prior, y que fuera en la vida doméstica del granjero muerto donde se le había invitado a buscar la semilla de estos horribles sucesos. De hecho, había descubierto que ninguna pesquisa local había revelado nada en absoluto sobre la familia Prior.

La luz de la luna había empezado a brillar con mayor intensidad, el viento había barrido las nubes y se había calmado a rachas, cuando él volvió de nuevo al lago artificial frente a la casa. Por alguna razón parecía un lago muy artificial; de hecho, toda la escena era como un paisaje clásico con un toque de Watteau. La fachada palladiana de la casa aparecía pálida bajo la luna, y la misma luz plateada tocaba la muy pagana y desnuda ninfa de mármol en el centro del estanque. Para su sorpresa, encontró otra figura allí junto a la estatua, sentada casi en idéntica quietud, y el mismo lápiz plateado recorría el arrugado ceño y paciente rostro de Horne Fisher, todavía vestido como un ermitaño y, al parecer, practicando algo de la soledad del eremita. Sin embargo, levantó la vista hacia Leonard Crane y sonrió, casi como si le hubiera estado esperando.

—¡Oiga! —dijo Crane, plantándose frente a él—. ¿Puede contarme algo sobre este asunto?

—Pronto tendré que contárselo a todo el mundo —replicó Fisher—, pero no tengo ninguna objeción en contárselo a usted primero. Pero, para empezar, dígame una cosa. ¿Qué pasó en realidad cuando se encontró con Bulmer esta mañana? Usted tiró su espada, pero no lo mató.

—No lo maté porque tiré mi espada —dijo el otro—. Lo hice a propósito... o no estoy seguro de lo que habría sucedido.

Continuó en tono quedo tras hacer una pausa.

—El fallecido lord Bulmer era un caballero muy despreocupado, relajado en extremo. Era muy afable con sus subordinados, e invitaba a su abogado y a su arquitecto a alojarse en su casa para todo tipo de festividades y divertimentos. Pero también tenía otra cara, una que ambos descubrieron cuando intentaron ser sus iguales. Cuando le dije que su hermana y yo estábamos prometidos, pasó algo que simplemente no puedo ni quiero describir. Se me antojó como un monstruoso ataque de locura. Pero supongo que la verdad es dolorosamente simple. Existe tal cosa como la grosería en un caballero. Y es lo más horrible de la humanidad.

—Lo sé —dijo Fisher—. Los nobles renacentistas del período Tudor eran así.

—Es extraño que usted diga eso —continuó Crane—, ya que, mientras estábamos hablando, me sobrevino la curiosa sensación de que estábamos repitiendo alguna escena del pasado, y que yo era realmente un proscrito, oculto en los bosques como Robin Hood, y que él realmente había salido del marco del retrato de su antepasado con todas sus plumas y prendas púrpuras. De todos modos, era un hombre poseído y no temía a Dios ni apreciaba a los hombres. Le desafié, por supuesto, y me alejé. La verdad es que podría haberlo matado si no me hubiera marchado.

—Sí —dijo Fisher mientras asentía con la cabeza—, su antepasado estaba poseído y él estaba poseído, y ese es el fin de la historia. Todo encaja.

—¿Encaja con qué? —exclamó su acompañante con repentina impaciencia—. No consigo entenderlo. Usted me dice que busque el secreto en el agujero en el muro, pero no encuentro ningún agujero en el muro.

—No hay ningún agujero —dijo Fisher—. Ese es el secreto.

Tras reflexionar por un momento, añadió:

—A menos que lo describa como un agujero en el muro del mundo. Mire, se lo contaré si así gusta, pero me temo que implica una introducción. Tiene que comprender uno de los trucos de la mente moderna, una tendencia a la que la mayoría de la gente obedece sin percatarse. En la aldea o suburbio de ahí fuera hay una posada con el letrero de san Jorge y el dragón. Ahora bien, supongamos que voy por ahí contándole a todo el mundo que eso sólo fue una corrupción de la expresión el rey Jorge y el capitán de los dragones. Muchas personas lo creerían sin hacer preguntas, por una vaga sensación de que es probable porque es prosaico. Convierte algo romántico y legendario en algo reciente y ordinario. Y eso, de algún modo, hace que suene racional, aunque no esté apoyado por la razón. Por supuesto, algunas personas tendrían el sentido de recordar haber visto a san Jorge en antiguos cuadros italianos y en romances franceses, pero una buena cantidad no pensaría en nada de eso. Sólo se tragarían el escepticismo porque era escepticismo. La inteligencia moderna no aceptará nada sobre la autoridad. Pero aceptará cualquier cosa sin autoridad. Eso es exactamente lo que ha pasado aquí.

»Cuando algún que otro crítico eligió decir que Prior's Park no fue un priorato, sino que recibía su nombre de un hombre bastante moderno llamado Prior, nadie decidió refutar esa teoría. Nunca se le ocurrió a nadie repetir la historia para preguntar si *existió* un tal señor Prior, o si alguien lo había visto u oído hablar de él. De hecho, fue un priorato y compartió el destino de la mayoría de los prioratos; es decir, el caballero Tudor con el sombrero de plumas simplemente lo asaltó usando la fuerza bruta y lo convirtió en su residencia privada. Hizo cosas peores, como ya escuchará. Pero la cuestión aquí es que así es como funciona el truco, y el truco funciona del mismo modo en la otra parte de la historia. El nombre de este distrito aparece impreso como Holinwall en todos los mejores mapas producidos por los eruditos, y es pronunciado como Holiwell por los más ignorantes y anticuados de los pobres. Pero se escribió mal y se pronunciaba bien.

—¿Quiere decir que realmente había un pozo? —preguntó Crane con rapidez.

—Hay un pozo —dijo Fisher—, y la verdad yace en el fondo.

Mientras hablaba, alargó la mano para señalar hacia la extensión de agua delante de él.

—El pozo está en alguna parte bajo el agua —dijo—, y esta no es la primera tragedia relacionada con él. El fundador de esta casa hizo algo que sus compañeros rufianes rara vez hacían; hizo algo que tenía que ser silenciado incluso en la anarquía del pillaje de los monasterios. El pozo estaba relacionado con los milagros de algún santo, y el último prior que lo protegía era algo así como un santo también. Ciertamente era algo muy parecido a un mártir. Desafió al nuevo dueño y lo retó a profanar el lugar, hasta que el noble, en un arrebato, lo apuñaló y lanzó su cuerpo dentro del pozo, adonde, cuatrocientos años después, fue seguido por un heredero del usurpador, vestido con la misma túnica violeta y que había pasado por el mundo con la misma arrogancia.

—Pero ¿cómo pudo pasar que Bulmer, a la primera, cayera en ese punto en particular? —exigió Crane.

—Porque el único hombre que lo sabía sólo astilló el hielo en ese punto en particular —contestó Horne Fisher—. Fue rajado deliberadamente, con el hacha de cocina, en ese lugar especial. Yo mismo oí el golpeteo y no lo entendí. El lugar había sido cubierto por un lago artificial, sólo porque la verdad debía ser encubierta con una leyenda artificial. Pero ¿no ve que eso es exactamente lo que esos nobles paganos habrían hecho, profanarlo con una especie de diosa pagana, como el emperador romano que construyó un templo para Venus en el Santo Sepulcro? Pero la verdad aún puede ser rastreada por cualquier hombre erudito que esté decidido a rastrearla. Y este hombre estaba decidido a encontrar la verdad.

—¿Qué hombre? —preguntó el otro, cuya mente ya albergaba la sombra de la respuesta.

—El único hombre que tiene coartada —respondió Fisher—. James Haddow, el abogado anticuario, partió la noche antes del incidente fatal, pero dejó esa negra estrella de la muerte en el hielo. Se marchó bruscamente después de que se le hubiera propuesto quedarse, es probable que después de haber protagonizado una fea escena con Bulmer en su entrevista legal. Como usted sabe, Bulmer podía provocar instintos asesinos en cualquier hombre, y me imagino que el abogado tenía irregularidades que confesar y estaba en peligro de que su cliente lo delatara. Pero es mi entendimiento de la naturaleza humana lo que me dice que un hombre hará trampas en su profesión, pero nunca en su afición. Puede que Haddow haya sido un abogado deshonesto, pero no pudo evitar ser un honesto anticuario. Cuando le siguió la pista a la verdad sobre el Pozo Santo, tuvo que llegar hasta el final; no iba a dejarse embaucar por anécdotas periodísticas sobre el señor Prior y un agujero en el muro. Lo descubrió todo, incluso la localización exacta del pozo, y fue recompensado, como si ser un asesino exitoso pudiera considerarse como una recompensa.

—¿Y cómo llegó usted hasta el fondo de esta historia oculta? —preguntó el joven arquitecto.

Una nube ensombreció el rosto de Horne Fisher.

—Ya sabía demasiado sobre el tema —dijo—, y, después de todo, me avergüenzo de hablar a la ligera sobre el pobre Bulmer, que ya ha pagado su culpa; pero el resto de nosotros no. Me atrevo a decir que cada puro que fumo y cada licor que bebo procede directa o indirectamente del saqueo de los lugares santos y de la persecución de los pobres. Al fin y al cabo, se necesita escarbar muy poco en el pasado para encontrar ese agujero en el muro, esa gran brecha en las defensas de la historia inglesa. Yace justo bajo la superficie de una delgada capa de información e instrucciones falsas, de igual modo que el negro pozo manchado de sangre yace bajo esa superficie de agua poco profunda y algas. Oh, el hielo es delgado, pero aguanta; es lo bastante fuerte para soportar nuestro peso cuando nos disfrazamos de monjes y bailamos sobre él, como burla a la querida y pintoresca Edad Media. Me dijeron que me disfrazara, de modo que me puse un disfraz según mi propio gusto. Me puse el único disfraz que creo que encaja con un hombre que ha heredado su posición como caballero y que todavía no ha perdido del todo los sentimientos de caballerosidad.

En respuesta a la mirada interrogante, se levantó y señaló su figura de pies a cabeza.

—Arpillera —dijo—, y también llevaría las cenizas si se mantuvieran sobre mi calva.

CAPÍTULO VII

El templo del silencio

Harold March y los pocos que cultivaban la amistad de Horne Fisher, especialmente si lo veían en su propio círculo social, eran conscientes de una cierta soledad en su misma sociabilidad. Les parecía que siempre estaban conociendo a sus parientes, pero nunca conocían a su familia. Tal vez fuera más cierto decir que veían mucho de su familia y nada de su hogar. Sus primos y parientes se ramificaban como un laberinto por toda la clase gobernante de Gran Bretaña, y él parecía mantener muy buena relación, o al menos bien intencionadas, con la mayoría de ellos. Porque Horne Fisher era excepcional por su información impersonal y su curioso interés que abarcaba todo tipo de temas, de modo que, a veces, uno podía imaginar que su cultura, como su descolorido bigote rubio y pálidos rasgos lánguidos, poseían la naturaleza neutra de un camaleón. De todos modos, él siempre sabía congeniar con virreyes y ministros del Gobierno, y con todos los grandes hombres responsables de grandes departamentos, y hablaba con cada uno de ellos sobre su respectiva materia, sobre la rama de estudio que le preocupara más seriamente. Así, podía conversar con el ministro de Guerra sobre gusanos de seda, con el ministro de Educación sobre novelas de detectives, con el ministro de Trabajo sobre los esmaltes de Limoges, y con el ministro de Misiones y Progreso Moral (si ese era su título correcto) sobre los bufones de las últimas cuatro décadas. Y como el primero era su primo hermano, el segundo su primo segundo, el tercero su cuñado, y el cuarto su tío político, esta versatilidad coloquial ciertamente ayudaba, en cierto sentido, a crear una familia feliz. Pero March nunca consiguió echar un vistazo a ese interior doméstico al que los hombres de clase media están acostumbrados en sus amistades, y que en efecto constituye los cimientos de amistad y amor y todo lo demás en cualquier sociedad sana y estable. Se preguntaba si Horne Fisher no sería huérfano e hijo único.

Por lo tanto, fue con algo de sobresalto que descubrió que Fisher tenía un hermano, mucho más próspero y poderoso que él, aunque March pensaba que no era, ni de lejos, tan entretenido. Sir Henry Harland Fisher, con medio alfabeto a continuación de su nombre, ocupaba un puesto en el Ministerio de Relaciones Exteriores mucho más formidable que el de Secretario de Estado de Relaciones Exteriores. Al parecer, era un rasgo de familia, después de todo; ya que parecía haber otro hermano, Ashton Fisher, en la India, con un puesto mucho más extraordinario que el del Virrey. Sir Henry Fisher era una versión más corpulenta, pero más agraciada, de su hermano, con frente igualmente calva pero mucho más lisa. Era muy cortés, pero un poco condescendiente, no sólo con March, sino que March se figuraba que con Horne Fisher también. Ese último caballero, que tenía muchas intuiciones sobre los pensamientos a medio formar de los demás, contempló el tema él mismo mientras se alejaba de la gran casa en Berkeley Square.

—Vaya —observó en tono quedo—, ¿es que no sabe que yo soy el tonto de la familia?

—Debe de ser una familia muy inteligente —dijo Harold March con una sonrisa.

—Lo ha expresado con mucha elegancia —replicó Fisher—; eso es lo mejor de tener formación literaria. Bueno, quizás sea una exageración decir que soy el tonto de la familia. Baste decir que soy el fracasado de la familia.

—Me resulta extraño que usted sea un fracasado —comentó el periodista—. Como dicen en los exámenes, ¿en qué ha fracasado usted?

—En política —respondió su amigo—. Me presenté como candidato para el Parlamento cuando era bastante joven y gané por una rotunda mayoría. Hubo grandes vítores por toda la comarca. Desde entonces, por supuesto, he estado bajo sospecha.

—Me temo que no entiendo el «por supuesto» —contestó March entre risas.

—Esa parte no merece la pena ser entendida —dijo Fisher—. Pero, de hecho, viejo amigo, la otra parte era bastante extraña e interesante. Toda una historia de detectives, a su modo, así como la primera lección que recibí sobre de qué está hecha la política moderna. Si lo desea, se lo contaré todo.

Y lo que viene a continuación, reestructurada de un modo menos alusivo y coloquial, es la historia que contó.

Nadie que en los últimos años tuviera el privilegio de conocer a sir Henry Harland Fisher habría creído que hubo un tiempo en el que lo llamaban Harry. Pero era cierto que había sido bastante aniñado cuando era un muchacho, y esa serenidad que se le notaba durante su vida, y que ahora adoptaba la forma de gravedad, había tomado tiempo atrás la forma de alegría. Sus amigos habrían dicho que estaba mucho más maduro en su madurez por haber sido joven en su juventud. Sus enemigos habrían dicho que seguía siendo frívolo, pero no alegre. En cualquier caso, toda la historia que Horne Fisher tenía que contar surgió a partir del accidente que había convertido al joven Harry Fisher en el secretario privado de lord Saltoun. De ahí su futura conexión con el futuro Ministerio de Relaciones Exteriores, que le había llegado, de hecho, como una suerte de legado por parte de su señoría cuando ese gran hombre tuvo el poder detrás del trono. Este no es el lugar para hablar demasiado sobre Saltoun, debido a lo poco que se sabe de él y lo mucho que merece la pena saber. Inglaterra ha tenido, al menos, tres o cuatro de esos estadistas secretos. Un sistema de Gobierno aristocrático produce de vez en cuando a un aristócrata que también es un accidente, un hombre de independencia intelectual y percepción, un Napoleón nacido en la realeza. Su amplio trabajo era principalmente invisible, y lo poco que se le podía sacar en su vida privada no era más que un sentido del humor brusco y bastante cínico. Pero fue ciertamente el accidente de su presencia en una cena familiar de los Fisher, y la inesperada opinión que expresó, lo que convirtió lo que podría haber sido un chiste en una especie de novelita sensacionalista.

A excepción de lord Saltoun, el grupo lo formaba la familia Fisher, ya que el único otro distinguido extraño se había marchado justo después de cenar, dejando al resto con su café y sus puros. Este había sido una figura de cierto interés: un joven alumno de Cambridge llamado Eric Hughes y que era la nueva promesa del partido reformista, al cual la familia Fisher, junto con su amigo Saltoun, llevaba mucho tiempo asociada formalmente. La personalidad de Hughes se resumía, en esencia, en el hecho de que habló con elocuencia y seriedad durante toda la cena, pero se marchó inmediatamente después para llegar a tiempo a otro compromiso. Todas sus acciones tenían algo ambicioso a la par que meticuloso; no bebía vino, pero se embriagaba levemente con las palabras. Y su rostro y sus frases aparecían en la portada de todos los periódicos justo entonces, porque le estaba disputando el escaño garantizado a sir Francis Verner en la gran elección extraordinaria del oeste. Todo el mundo hablaba del poderoso discurso contra la aristocracia rural que acababa de pronunciar. Incluso en el círculo familiar de los Fisher, todos hablaban de él, a excepción de Horne Fisher, que estaba sentado en un rincón junto al fuego.

—Deberíamos darle las gracias por aportar sangre joven al viejo partido —estaba diciendo Ashton Fisher—. Esta campaña contra los viejos terratenientes ataca el nivel de democracia que existe en este país. Este acto de ampliar el control del consejo municipal es prácticamente su proyecto de ley; de modo que se puede decir que es miembro del Gobierno incluso antes de formar parte del Parlamento.

—Una cosa es más fácil que la otra —dijo Harry sin pensar—. Apuesto a que un terrateniente es más importante que el consejo municipal en ese condado. Verner está muy asentado; todos esos lugares rurales son lo que se podría llamar reaccionarios. Maldecir a los aristócratas no lo cambiará.

—Pero los maldice muy bien —observó Ashton—. Nunca hemos tenido un mejor mitin que el de Barkington, donde normalmente votan al partido conservador. Y cuando dijo, «Puede que sir Francis presuma de sangre azul, pero dejen que les demuestre que nosotros tenemos sangre roja», y continuó hablando sobre madurez y libertad, la sala acabó poniéndose en pie.

—Habla muy bien —dijo lord Saltoun con voz ronca. Hasta el momento esa había sido su única contribución a la conversación.

Entonces, el casi igual de silencioso Horne Fisher habló de repente, sin apartar sus taciturnos ojos del fuego.

—Lo que no consigo entender —dijo—, es por qué nunca se ataca a nadie por los auténticos motivos.

—¡Vaya! —comentó Harry en tono de chanza—. ¿Estás empezando a prestar atención?

—A ver, pongamos a Verner como ejemplo —continuó Horne Fisher—. Si queremos atacar a Verner, ¿por qué no atacarle? ¿Por qué alabarlo por ser un romántico aristócrata reaccionario? ¿Quién es Verner? ¿De dónde procede? Su nombre suena antiguo, pero nunca lo he oído antes, como dijo el hombre de la Crucifixión. ¿Por qué hablar de su sangre azul? Por lo que sabemos, su sangre bien podría ser amarillo mostaza con motas verdes. Todo lo que sabemos es que el viejo terrateniente, Hawker, de algún modo se gastó todo su dinero (y supongo que el de su segunda esposa también, puesto que ella era bastante rica) y le vendió sus propiedades a un hombre llamado Verner. ¿Cómo consiguió su fortuna? ¿Petróleo? ¿Contratos con el Ejército?

—No lo sé —dijo Saltoun, que lo miraba pensativo.

—Es la primera vez que le oigo decir que no sabe algo —exclamó el entusiasta Harry.

—Y hay más —prosiguió Horne Fisher, quien parecía haber encontrado su lengua de repente—. Si queremos que la gente del campo nos vote, ¿por qué no les presentamos a alguien que tenga conocimientos del medio rural? No le hablamos a la gente de Threadneedle Street nada más que de nabos y pocilgas. ¿Por qué le hablamos a la gente de Somerset tan sólo de suburbios y socialismo? ¿Por qué no les entregamos las tierras del terrateniente a sus arrendatarios, en lugar de involucrar al Gobierno local?

—¡Tres acres de tierra y una vaca! —exclamó Harry, pronunciando lo que los informes parlamentarios llaman vítores irónicos.

—Sí —respondió su hermano con terquedad—. ¿No crees que los agricultores preferirían tener tres acres y una vaca antes que tres acres de formularios impresos y un comité? ¿Por qué no funda nadie un partido político con propietarios rurales, apelando a las antiguas tradiciones de los pequeños terratenientes? ¿Y por qué no atacan a hombres como Verner por lo que son, que es algo tan antiguo y tradicional como un fideicomiso petrolero americano?

—Más te vale liderar ese partido de agricultores tú mismo —se burló Harry—. Lord Saltoun, ¿no cree que sería divertido ver a mi hermano y a sus compadres, con sus carteles y pancartas, desfilando hacia Somerset vestidos de verde?

—No —contestó el viejo Saltoun—, no creo que fuera divertido. Creo que sería una idea sumamente seria y razonable.

—¡Qué me aspen! —exclamó Harry Fisher, mirándolo de hito en hito—. Dije hace un momento que era la primera vez que usted no sabía algo, y debería decir que este es el primer chiste que no aprecia.

—He visto gran cantidad de cosas a lo largo de mi vida —dijo el anciano con su habitual tono agrio—. También he contado muchas mentiras y quizás ya me he cansado de ellas. Pero hay mentiras y mentiras, a pesar de todo. Caballeros acostumbrados a mentir de igual modo que mienten los colegiales, porque se apoyan mutuamente y en parte para ayudarse. Pero que me cuelguen si entiendo por qué debería mentir por una panda de cosmopolitas que sólo se ayudan a sí mismos. Ya no nos apoyan; tan sólo nos están desplazando. Si un hombre como su hermano quiere ir al Parlamento como un agricultor, o como un caballero, como jacobita, o como un británico de los de antaño, pues digo que sería algo muy bueno.

En el bastante sorprendido silencio que siguió a sus palabras, Horne Fisher se levantó de un brinco y todo su aire sombrío se desvaneció.

—Estoy preparado para hacerlo mañana mismo —exclamó—. Supongo que ninguno de ustedes me respaldará.

Entonces Harry Fisher mostró el mejor lado de su impetuosidad. Hizo un movimiento brusco como para estrecharle la mano.

—Eres un buen chico —dijo—, y yo te respaldaré si nadie más lo hace. Pero todos podemos apoyarte, ¿verdad? Veo lo que lord Saltoun quiere decir y, por supuesto, tiene razón. Él siempre tiene la razón.

—Entonces iré a Somerset —dijo Horne Fisher.

—Sí, está de camino a Westminster —dijo lord Saltoun con una sonrisa.

Y así sucedió que Horne Fisher llegó unos días más tarde a la pequeña estación de un remoto pueblo con mercado en el oeste del país, acompañado de una ligera maleta y un animado hermano. No debe suponerse, sin embargo, que el tono alegre del hermano consistiera totalmente de burlas. Apoyaba al nuevo candidato con igual medida de esperanza e hilaridad. Y detrás de su bulliciosa asociación había una creciente solidaridad y apoyo. Harry Fisher siempre había sentido poco interés por su hermano más callado y excéntrico, y ahora estaba empezando a sentir más respeto por él. Conforme la campaña avanzaba, el respeto aumentó hasta transformarse en ardiente admiración. Como Harry aún era joven, podía sentir el tipo de entusiasmo por su candidato electoral como el que un colegial sentiría por su capitán de críquet.

Y no era una admiración inmerecida. Conforme se desarrollaba la nueva disputa a tres bandas, quedó claro para los demás, aparte de para su devoto pariente, que Horne Fisher no era lo que parecía a simple vista. Había algo más en él. Estaba claro que su estallido junto a la chimenea familiar no había sido más que la culminación de un largo desarrollo pensando y estudiando la cuestión. El talento que había retenido a lo largo de la vida para estudiar su tema, e incluso los temas de los demás, se había concentrado desde hacía mucho en esta idea de abogar por un nuevo campesinado contra una nueva plutocracia. Les hablaba a las muchedumbres con elocuencia y contestaba a los individuos con humor, dos artes políticas que parecían salirle de forma natural. Ciertamente sabía mucho más sobre problemas rurales que Hughes, el candidato reformista, o Verner, el candidato conservador. Y él sondeaba esos problemas con humana curiosidad y profundizaba de un modo como ninguno de los otros dos jamás soñó hacer. Pronto se convirtió en la voz de los sentimientos populares que nunca aparecían en la prensa popular. Nuevos ángulos de opinión, argumentos que nunca antes habían sido expresados por voces educadas, pruebas y comparaciones que sólo habían pronunciado hombres, en su propio dialecto, mientras bebían en los pequeños *pubs* locales, oficios medio olvidados que habían sido transmitidos con signos y con lenguajes de épocas remotas cuando sus padres eran libres. Todo eso creaba una curiosa y doble excitación. Sobresaltaba a los que estaban bien informados por ser una idea novedosa y fantástica con la que nunca se habían topado. Sobresaltaba a los ignorantes por ser una idea vieja y familiar que nunca habían imaginado que sería recuperada. Los hombres veían las cosas bajo una nueva luz, y ni siquiera sabían si se trataba del ocaso o del amanecer.

Había quejas prácticas que hacían que el movimiento fuera formidable. Conforme Fisher iba y venía entre las cabañas y las posadas rurales, cayó fácilmente en la cuenta de que sir Francis Verner era un terrible arrendador. Ni la historia de su adquisición de las tierras era más antigua y digna de lo que había supuesto; la historia era bien conocida en el condado y, en todos los sentidos, era bastante obvia. Hawker, el viejo terrateniente, había sido una de esas personas delezlezlezables y libertinas. Había mantenido una muy mala relación con su primera mujer (quien murió, según decían algunos, por abandono),

135

y luego se casó con una llamativa judía sudamericana que poseía una fortuna. Pero él debía de haberse gastado esa fortuna con sorprendente rapidez, ya que se había visto forzado a venderle la finca a Verner y se había ido a vivir a América del Sur, posiblemente a las propiedades de su esposa. Pero Fisher se percató de que el descuido del antiguo hacendado era mucho menos odiado que la eficiencia del nuevo propietario. La historia de Verner parecía estar llena de tratos provechosos y oscilaciones financieras que dejaban al resto de las personas sin dinero y con mucha rabia. Pero, aunque se oían muchas cosas sobre Verner, había algo que lo eludía de continuo; algo que nadie sabía, que ni siquiera Saltoun había sabido. No pudo averiguar la procedencia original del dinero de Verner.

—Debe de haber hecho un gran esfuerzo por mantenerlo en secreto —se dijo Horne Fisher—. Debe de ser algo de lo que se avergüenza en gran medida. ¡Caramba! ¿De qué se avergüenzan los hombres hoy en día?

Y mientras reflexionaba sobre las posibilidades, estas se volvían más oscuras y distorsionadas en su mente. Pensó vagamente en cosas remotas y repulsivas, extrañas formas de esclavitud o brujería, y luego en cosas feas aún más antinaturales, pero más cercanas. La figura de Verner parecía haberse ennegrecido y transfigurado en su imaginación, y se alzaba contra una variedad de fondos y cielos extraños.

Mientras paseaba por una calle de una aldea, sumido en esos pensamientos, sus ojos encontraron un completo contraste en el rostro de su otro rival, el candidato reformista. Eric Hughes, con su revuelto pelo rubio y su ansioso rostro de universitario, estaba subiendo a su automóvil mientras le decía unas últimas palabras a su agente, un hombre robusto y canoso llamado Gryce. Eric Hughes se despidió con un gesto amistoso de su mano, pero Gryce lo miraba con cierta hostilidad. Eric Hughes era un joven con genuino entusiasmo político, pero él sabía que los oponentes políticos son personas con las que uno podría tener que cenar algún día. Pero el señor Gryce era un pequeño y sombrío radical local, un defensor de la capilla, y una de esas personas felices cuyo trabajo es también su afición. Se giró en cuanto el automóvil se alejó y se encaminó con paso rápido por la soleada calle principal del pequeño pueblo, silbando, con documentos políticos sobresaliendo de su bolsillo.

Fisher se quedó mirando pensativo la resuelta figura por un segundo y entonces, como por un impulso, comenzó a seguirla. A través del ajetreado mercado, entre las canastas y los carretones del día de mercado, bajo el letrero de madera pintada del Green Dragon, por una oscura entrada lateral, bajo un arco, y a través de una maraña de tortuosas calles empedradas, los dos se abrieron camino, la cuadrada figura de andares pomposos que iba delante y la esbelta figura que lo seguía como su sombra bajo la luz del sol. Al cabo llegaron a una casa de ladrillos con una placa de latón, en la que figuraba el nombre del señor Gryce, y dicho individuo se giró y miró fijamente a su perseguidor.

—¿Puedo hablar con usted, señor? —preguntó Horne Fisher con educación. El agente siguió mirándolo, pero asintió cortésmente y llevó al otro a un despacho abarrotado con panfletos y con multitud de pósteres profusamente coloreados colgados de las paredes; dichos pósteres vinculaban el nombre de Hughes con todos los principales intereses de la humanidad.

—El señor Horne Fisher, supongo —dijo el señor Gryce—. Me siento honrado por su visita, por supuesto. No puedo pretender felicitarle por entrar en la elección, me temo; usted no lo esperaría. Aquí hemos estado ondeando la vieja bandera de la libertad y la reforma, y llega usted y rompe la línea de batalla.

Al parecer, al señor Elijah Gryce le encantaban las metáforas militares y profería multitud de protestas de militarismo. Era un hombre de mandíbula cuadrada y rasgos francos que alzaba las cejas de un modo pugnaz. Había estado inmerso en la política de esa comarca desde muy joven, conocía los secretos de todo el mundo, y hacer campaña electoral era el romance de su vida.

—Supongo que piensa que me devora la ambición —dijo Horne Fisher con su lánguida voz—, y que aspiro a una dictadura y todo eso. Bueno, creo que puedo absolverme del cargo de simple ambición egoísta. Sólo quiero que se hagan ciertas cosas. No quiero hacerlas yo mismo. Muy rara vez me apetece hacer nada. Y he venido aquí para decir que estoy dispuesto a retirar mi candidatura si usted puede convencerme de que realmente queremos hacer las mismas cosas.

El agente del partido reformista lo miraba con una expresión extraña y ligeramente perpleja, y, antes de que pudiera responder, Fisher continuó hablando con el mismo tono de voz.

—Usted apenas lo creerá, pero tengo conciencia dentro de mi ser y dudo sobre varias cosas. Por ejemplo, ambos queremos echar a Verner del Parlamento, pero ¿qué arma debemos usar? He oído muchos rumores sobre él, pero ¿es correcto actuar basándonos en meros cotilleos? De igual modo que quiero ser justo con usted, también quiero ser justo con él. Si algunas de las cosas que he oído sobre su persona son ciertas, debería ser expulsado del Parlamento y de cualquier otro club de Londres. Pero no quiero echarlo del Parlamento si nada de todo eso es cierto.

Llegados a este punto, la luz de la batalla inundó los ojos del señor Gryce y le imprimió locuacidad, por no decir que lo volvió violento. En cualquier caso, a él no le cabía duda de que las historias eran ciertas; él podía atestiguar, con conocimiento de causa, que eran ciertas. Verner no sólo era un propietario duro, sino también mezquino, un ladrón que además cobraba unos alquileres abusivos. Estaría justificado que cualquier caballero lo echara a la fuerza. Había estafado al pobre Wilkins para echarlo de su propiedad vitalicia con artimañas dignas de un carterista; había provocado que la vieja Madre Biddle entrara en un asilo para pobres. Había forzado la ley contra Long Adam, el cazador furtivo, hasta que todos los magistrados se avergonzaron de él.

»Entonces, si usted sirviera bajo el antiguo estandarte —concluyó el señor Gryce con más cordialidad—, y expulsara a semejante tirano estafador, estoy seguro de que no se arrepentirá.

—Y si esa es la verdad —dijo Horne Fisher—, ¿van ustedes a contarla?

—¿A qué se refiere? ¿Contar la verdad? —exigió Gryce.

—Me refiero a que ustedes van a contar la verdad tal y como acaba de contármela a mí —contestó Fisher—. Ustedes van a empapelar este pueblo con toda la maldad que se le ha infligido al pobre Wilkins. Van a llenar los periódicos con la infame historia de la señora Biddle. Ustedes van a denunciar a Verner desde una plataforma pública, sacando su nombre a relucir y nombrando al cazador furtivo con el que se ensañó. Y ustedes van a averiguar con qué negocios consiguió ese hombre el dinero para comprar las tierras. Y cuando ustedes sepan la verdad, como he dicho antes, por supuesto que van a contarla. Sólo con esas condiciones me situaré bajo la vieja bandera, como usted dice, y portaré mi propio pendón.

El agente lo estaba mirando con una curiosa expresión, hosca pero no del todo carente de compasión.

—Bueno —dijo despacio—, esas cosas hay que hacerlas por el procedimiento habitual, ya sabe, o la gente no lo entendería. He tenido mucha experiencia y me temo que lo que usted dice no servirá. La gente entiende que se hable mal de los hacendados de un modo general, pero esos ataques personales no se consideran juego limpio. Es un golpe bajo.

—Supongo que al viejo Wilkins no le importaría —respondió Horne Fisher—. Verner puede atacarle como quiera y nadie dirá ni media palabra. Evidentemente es muy importante ir con pies de plomo. Pero, al parecer, si se tiene una buena posición social, se puede golpear siempre que se quiera. Es posible —añadió pensativo—, es posible que sea la explicación de la frase «tener el riñón bien cubierto», cuyo significado siempre se me ha escapado.

—Quiero decir que esas personas no servirán —dijo Gryce, quien miraba la mesa con el ceño fruncido.

—Y Madre Biddle y Long Adam, el cazador furtivo, no son personalidades —dijo Fisher—, y supongo que no debemos preguntarnos cómo consiguió Verner todo el dinero que le permitió convertirse en una... personalidad.

Gryce seguía mirándolo con el ceño fruncido, pero la singular luz de sus ojos se había animado. Al fin habló con otra voz, mucho más baja.

—Mire, señor, usted me cae bien, si no le importa que se lo diga. Creo que de verdad está del lado del pueblo y estoy seguro de que es un hombre valiente. Puede que mucho más valiente de lo que cree. No nos atreveríamos a tocar su propuesta ni con una pértiga; y en cuanto a lo de quererle en el viejo partido, preferiríamos que usted se arriesgara solo. Pero como me cae bien y respeto su coraje, le voy a hacer un favor antes de despedirnos. No quiero que pierda el tiempo buscando en el lugar equivocado. Usted habla de cómo consiguió el nuevo propietario el dinero para comprar, de la ruina del antiguo hacendado, y de todo lo demás. Bien, le daré una pista al respecto, una pista sobre algo valioso que poca gente conoce.

—Le estoy muy agradecido —dijo Fisher con gravedad—. ¿De qué se trata?

—Son dos cosas —dijo el otro—. El nuevo hacendado era bastante pobre cuando compró. El viejo terrateniente era muy rico cuando vendió.

Horne Fisher lo miró pensativo cuando el otro se giró bruscamente y se ocupó con los documentos que había sobre su escritorio. Entonces Fisher pronunció una corta frase de agradecimiento y despedida para a continuación salir a la calle con rostro aún muy pensativo.

Su reflexión pareció terminar en resolución y, dando zancadas más rápidas, salió del pequeño pueblo por una larga carretera que llevaba hacia las puertas del gran parque, la casa solariega de sir Francis Verner. Un destello de sol transformó el invierno en un otoño tardío, y los oscuros bosques se veían tocados por doquier con hojas rojas y doradas, como los últimos rayos de un ocaso perdido. Desde una parte más elevada de la carretera había visto la larga fachada clásica de la gran casa, con sus muchas ventanas, casi por debajo de él, pero cuando la carretera descendió hasta llegar al muro de la finca, con sus altos árboles detrás, se dio cuenta de que estaba a casi un kilómetro de distancia de la puerta de entrada. Tras caminar varios minutos por el sendero, sin embargo, llegó a un lugar en el que el muro se había agrietado y estaba en proceso de reparación. Allí había un gran hueco en la gris mampostería que al principio parecía ser tan negro como una cueva y sólo mostraba, al mirar de nuevo, el crepúsculo de los centelleantes árboles. Había algo fascinante en esa inesperada entrada, como la abertura de un cuento de hadas.

Horne Fisher tenía algo de aristócrata, que se acerca mucho a ser anárquico. Era típico de él que pasara por esta oscura e irregular entrada con tanta naturalidad como si fuera la puerta de su propia casa, simplemente pensando que sería un atajo hasta la mansión. Se abrió camino a través de la penumbra del bosque durante un rato y con cierta dificultad, hasta que comenzó a brillar entre los árboles una luz constante, con líneas plateadas, que al principio no entendió. Al momento siguiente salió a la luz del día en la parte de arriba de una empinada orilla, a cuyos pies un sendero recorría el perímetro de un gran lago ornamental. La extensión de agua que había visto brillar entre los árboles era de un considerable tamaño, pero estaba cercada por todos sus lados por bosques que, no sólo eran oscuros, sino también decididamente lúgubres. En un extremo del sendero se hallaba una estatua clásica de alguna ninfa sin nombre, y el otro extremo estaba flanqueado por sendas urnas clásicas; pero el mármol estaba erosionado por el clima y manchado de verde y gris. Centenares de señales, más pequeñas, pero más significativas, le decían que había llegado a un rincón periférico de los terrenos, descuidado y apenas visitado. En mitad del lago se veía lo que parecía una isla, y en la isla lo que parecía ser un templo clásico, no abierto como un templo de los vientos, sino con una pared desnuda entre sus pilares dóricos. Podríamos decir que sólo parecía una isla, porque una segunda mirada revelaba una baja calzada de piedras que llegaba hasta la orilla y la convertía en una península. Y ciertamente sólo parecía un templo, ya que nadie mejor que Horne Fisher sabía que ningún dios había residido nunca en ese santuario.

—Eso es lo que consigue que todo este paisajismo clásico parezca tan inhóspito —se dijo—. Más desolado que Stonehenge o las pirámides de Egipto. Nosotros no creemos en la mitología egipcia, pero los egipcios sí, y supongo que incluso los druidas creían en el druidismo. Pero el caballero del siglo XVIII que construyó estos templos no creía en Venus o en Marte más que nosotros; y por eso el reflejo de esos pálidos pilares en el lago es ciertamente solo la sombra de una sombra. Eran hombres de la Ilustración; aquellos que llenaban sus jardines con estas ninfas de piedra tenían menos esperanzas de encontrarse de verdad con una ninfa en el bosque que cualquier otro hombre de cualquier otro periodo histórico.

Su monólogo se vio interrumpido bruscamente por un sonido seco, como un trueno, que retumbó con sombrío eco por el deprimente lago. Supo de inmediato de qué se trataba: alguien había disparado un arma. Pero, en cuanto a su significado, se quedó estupefacto por un momento y extraños pensamientos atestaron su mente. Al instante siguiente se echó a reír, ya que vio tirado en el camino, un poco más adelante, el pájaro muerto que el disparo había derribado.

En el mismo instante, sin embargo, vio otra cosa que le interesó más. Un anillo de densa arboleda recorría la parte trasera del templo de la isla, enmarcando su fachada con oscuro follaje, y juraría que había visto algo que se movía entre las hojas. Un segundo después, sus sospechas se vieron confirmadas cuando una figura bastante andrajosa salió de entre las sombras del templo y comenzó a avanzar por la calzada que llevaba a la orilla. Incluso a esa distancia, la figura era llamativa por su gran altura y Fisher pudo ver que el hombre llevaba una escopeta bajo el brazo. De inmediato se le vino a la cabeza el nombre de Long Adam, el cazador furtivo.

Con el rápido sentido de estrategia que a veces demostraba, Fisher abandonó la orilla y corrió por el perímetro del lago hasta la entrada del pequeño muelle de piedra. Si el hombre conseguía llegar a tierra firme, podría desvanecerse fácilmente en el bosque; pero cuando Fisher comenzó su avance por las piedras hacia la isla, el hombre estaba arrinconado en un callejón sin salida y solo pudo retroceder hacia el templo. Apoyó sus anchas espaldas contra el muro del templo y se quedó como si se sintiera acorralado; era un hombre relativamente joven, de agradables rasgos en su delgado rostro y su enjuta figura y una mata de despeinado pelo rojo. La expresión de su mirada bien podría haber producido desazón en cualquiera que se quedara a solas con él en una isla en mitad de un lago.

—Buenos días —dijo Fisher con voz agradable—. Al principio creí que usted era un asesino. Pero parece improbable, en cierto modo, que la perdiz se precipitara entre nosotros dos y diera su vida por mí, como las heroínas de las novelas románticas. De modo que supongo que usted es un cazador furtivo.

—Supongo que podría calificarme de cazador furtivo —contestó el hombre, y su voz fue toda una sorpresa viniendo de semejante espantapájaros; contenía esa dura exigencia que se encuentra en aquellos que han tenido que luchar por su propio refinamiento en un entorno difícil—. Considero que estoy en mi derecho de cazar en este lugar. Pero soy muy consciente de que la gente como usted me toma por un ladrón, y supongo que usted intentará que acabe en la cárcel.

—Existen dificultades preliminares —contestó Fisher—. Para empezar, el error es halagador, pero no soy un guardabosques. Y aún menos tres guardabosques, que serían, supongo, los que se necesitarían para reducir a un hombre de su envergadura. Pero confieso que tengo otro motivo para no querer meterle en prisión.

—¿Y cuál es? —preguntó el otro.

—Sólo que estoy de acuerdo con usted —contestó Fisher—. No digo exactamente que tenga derecho a cazar de manera furtiva, pero nunca diría que es algo tan malo como ser un ladrón. Me parece que va contra la noción normal de la propiedad que un hombre sea el dueño de algo sólo porque vuele sobre su jardín. Bien podría ser dueño del viento, o pensar que puede escribir su nombre en una nube mañanera. Además, si queremos que los pobres respeten la propiedad, debemos darles propiedades que respetar. Usted debería tener sus propias tierras, y yo voy a dárselas si puedo.

—¡Me va a dar tierras! —repitió Long Adam.

—Mis disculpas por dirigirme a usted como si estuviéramos en un mitin político —dijo Fisher—, pero soy una especie completamente nueva de personaje público, que dice lo mismo en público y en privado. He dicho esto mismo en cientos de mítines electorales por todo el país, y se lo digo a usted en esta pintoresca isleta en este deprimente lago. Yo dividiría una gran finca como esta en pequeñas propiedades para todos, incluso para los cazadores furtivos. Harían en Inglaterra lo que hicieron en Irlanda: comprarle su parte a los ricachones, si es posible, y expulsarlos de algún modo. Un hombre como usted debería tener su propia finca. No digo que pueda criar faisanes, pero podría tener gallinas.

El hombre se puso tenso de repente y pareció que palidecía y ardía al mismo tiempo al oír la promesa como si fuera una amenaza.

—¡Gallinas! —repitió con un arrebato de desprecio.

—¿Por qué se opone? —preguntó el plácido candidato—. ¿Es porque criar gallinas es un leve entretenimiento para un cazador furtivo? ¿Le parece deshonroso?

—Porque no soy un cazador furtivo —exclamó Adam con una voz desgarrada que resonó entre las huecas urnas y el vacío templo como el eco de un disparo—. Porque la perdiz que yace muerta allí es mi perdiz. Porque la tierra en la que se encuentra es mi tierra. Porque me arrebataron mis propias tierras por un crimen, uno mucho peor que la caza furtiva. Esta ha sido una sola tierra desde hace siglos, y si usted o algún entrometido charlatán viene aquí hablando de cortarla en porciones como si fuera una tarta, si alguna vez vuelvo a oír una sola de sus mentiras sobre igualdad...

—Usted parece ser un público bastante turbulento —observó Horne Fisher—, pero continúe. ¿Qué pasaría si intento dividir esta finca de un modo decente entre gente decente?

El cazador furtivo había recuperado cierta sombría compostura cuando contestó.

—No habrá perdiz que se interponga entre usted y mi escopeta.

Y entonces se giró, evidentemente decidido a no decir nada más, y se alejó del templo caminando hasta el otro extremo del islote, donde permaneció mirando el agua. Fisher lo siguió, pero cuando sus repetidas preguntas no provocaron respuesta, se volvió a girar hacia la orilla. Al hacerlo se tomó un momento para mirar con más atención el templo artificial y advirtió algunas peculiaridades en él. La mayoría de esas edificaciones teatrales eran tan delgadas como un escenario de teatro, y esperaba que el clásico santuario fuera algo superficial, un simple cascarón, una máscara. Pero había cierto sustancial volumen detrás, enterrado entre los árboles, que tenía un aspecto gris y laberíntico, como serpientes de piedra, y levantaba una carga de frondosas torres hasta el cielo. Pero lo que llamó la atención de Fisher fue que, por detrás de esa mole de piedra gris blanquecina, había una única puerta con grandes cerrojos oxidados en el exterior; los cerrojos, sin embargo, no se hallaban echados para asegurar la puerta. Entonces rodeó el pequeño edificio y no encontró otra entrada a excepción de una pequeña rejilla de ventilación, bien arriba en el muro. Desanduvo sus pasos pensativamente por la calzada hasta llegar a la orilla del lago, y se sentó en los escalones de piedra entre las dos esculpidas urnas funerarias. Entonces encendió un cigarrillo y fumó meditabundo; al final sacó una libreta y escribió varias frases, numerándolas y volviéndolas a numerar hasta que aparecieron en el siguiente orden:

El hacendado Hawker aborrecía a su primera esposa.
Se casó con su segunda esposa por su dinero.
Long Adam dice que, en realidad, la finca es suya.
Long Adam merodea por el templo de la isla, que parece una prisión.
El hacendado Hawker no era pobre cuando cedió su finca.
Verner era pobre cuando recibió la finca.

Contempló esas notas con una gravedad que poco a poco se convirtió en una dura sonrisa, tiró su cigarrillo y continuó su búsqueda de un atajo para llegar a la mansión. Pronto detectó el sendero que, serpenteando entre setos recortados y macizos de flores, lo llevó delante de su larga fachada. Tenía el habitual aspecto, no de ser una casa privada, sino de ser una especie de edificio público que ha sido exiliado al campo.

Primero se encontró en presencia del mayordomo, que parecía ser mucho más viejo que el edificio, cuya arquitectura databa del período georgiano; pero el rostro del hombre, bajo una peluca marrón completamente antinatural, estaba arrugado con lo que podrían haber sido siglos. Sólo sus prominentes ojos estaban vivos y alerta, como en protesta. Fisher se lo quedó mirando y entonces dijo:

—Perdone, ¿no trabajaba usted para el antiguo terrateniente, el señor Hawker?

—Sí, señor —dijo el hombre con gravedad—. Mi nombre es Usher. ¿Qué puedo hacer por usted?

—Sólo lléveme ante el señor Verner —contestó el visitante.

Sir Francis Verner estaba sentado en un sillón junto a una mesita en un gran salón decorado con tapices. Sobre la mesa había una pequeña botella y un vaso, con el verde resplandor de un licor, junto a una taza de café solo. Iba vestido con un discreto traje gris con una moderadamente armoniosa corbata morada; pero Fisher vio algo en la curva de su rubio bigote y en la disposición de su lacio pelo... De repente tuvo la revelación de que su nombre era Franz Werner.

—Usted es el señor Horne Fisher —dijo—. ¿Le apetece sentarse?

—No, gracias —contestó Fisher—. Me temo que no es una visita amistosa y me quedaré de pie. Es posible que ya sepa que me presento como candidato al Parlamento. De hecho...

—Soy consciente de que somos oponentes políticos —contestó Verner al tiempo que enarcaba las cejas—. Pero creo que sería mejor que nos enfrentáramos con espíritu deportivo, con el espíritu de juego limpio inglés.

—Mucho mejor —accedió Fisher—. Sería mucho mejor si usted fuera inglés y aún mucho mejor si usted hubiera jugado limpio alguna vez. Pero lo que he venido a decirle puede decirse en muy pocas palabras. No sé muy bien en qué lado de la ley nos encontramos en cuanto a esa historia del viejo Hawker, pero mi principal objetivo es evitar que Inglaterra sea gobernada por gente como usted. De modo que, sin importar lo que diga la ley, no diré nada más si se retira de inmediato de las elecciones.

—Es evidente que usted está loco —dijo Verner.

—Puede que mi psicología sea un poco anormal —contestó Horne Fisher de un modo bastante vago—. Me veo sujeto a sueños, en especial a ensoñaciones. A veces lo que me pasa se vuelve vívido con un curioso desdoble, como si ya hubiera ocurrido antes. ¿Ha tenido alguna vez esa mística sensación de que hay cosas que han pasado antes?

—Espero que sea usted un lunático inofensivo —dijo Verner.

Pero Fisher seguía mirando fijamente, como ausente, las gigantescas figuras doradas y la tracería marrón y roja de los tapices que cubrían las paredes; entonces volvió a mirar a Verner y continuó hablando.

—Tengo la sensación de que esta entrevista ya ha tenido lugar antes, aquí, en este salón con tapices, y que nosotros somos dos fantasmas revisitando un aposento encantado. Pero era el hacendado Hawker quien estaba sentado donde hoy se sienta usted, y era usted quien estaba de pie en mi lugar.

Hizo una pausa antes de añadir con sencillez:

—Supongo que yo también soy un chantajista.

—Si lo es —dijo sir Francis—, le prometo que irá a la cárcel.

Pero su rostro había adquirido un tono parecido al reflejo del vino verde que brillaba sobre la mesa. Horne Fisher lo miró fijamente para contestarle en tono quedo.

—Los chantajistas no siempre van a la cárcel. A veces van al Parlamento. Pero, aunque el Parlamento ya esté bastante podrido, usted no entrará en él si puedo evitarlo. No soy tan ruin como lo fue usted negociando con el crimen. Usted consiguió que un terrateniente renunciara a su casa solariega. Yo sólo le pido que renuncie a su escaño parlamentario.

Sir Francis Verner se levantó de un salto y miró alrededor en busca de una de las cuerdas que accionaba la campana en ese anticuado salón.

—¿Dónde está Usher? —gritó con rostro enfurecido.

—¿Y quién es Usher? —dijo Fisher con suavidad—. Me pregunto cuánto sabe Usher de la verdad.

La mano de Verner soltó la cuerda y, tras quedarse un momento con mirada de exasperación, salió bruscamente de la estancia. Fisher se fue, pero por la otra puerta, por la que había entrado, y, al no ver ni rastro de Usher, se despidió él mismo y se dirigió de nuevo hacia el pueblo.

Esa noche se metió una linterna en el bolsillo y partió solo, amparado por la oscuridad, para añadir los últimos eslabones a su argumento. Había muchas cosas que todavía no sabía, pero creía saber dónde podía encontrar el conocimiento. La noche era cerrada y tormentosa, y el negro hueco en el muro se veía más negro que nunca; el bosque parecía haberse vuelto más denso y más oscuro en un solo día. Si el desierto lago con sus negros bosques y grises urnas e imágenes parecía inhóspito incluso a la luz del día, bajo la noche y con la inminente tormenta aún se parecía más al río Aqueronte en la tierra de las almas perdidas. Mientras pasaba con cuidado por el muelle de piedra, le pareció estar adentrándose cada vez más en el abismo nocturno y haber dejado atrás los últimos lugares desde los que sería posible hacer señales a la tierra de los vivos. El lago parecía haber crecido más que un mar, pero un mar de aguas negras y viscosas que dormitaban con abominable serenidad, como si hubieran anegado el mundo. Había una sensación de extensión y expansión que era como una pesadilla, de modo que se sintió extrañamente sorprendido cuando llegó tan pronto a la isla desierta. Pero la sentía como un lugar de soledad y silencio inhumano, y sentía como si hubiera estado caminando durante años.

Juntando el valor para recuperar un estado de ánimo más normal, hizo una pausa bajo uno de los oscuros dragos que extendían sus ramas sobre su cabeza y, sacando la linterna, se giró en la dirección de la puerta en la parte trasera del templo. Estaba con los cerrojos descorridos, como antes, y se le vino la ligera percepción de que la puerta estaba entornada, aunque sólo una rendija. Cuanto más lo pensaba, sin embargo, más cierto le parecía que no era más que una de las comunes ilusiones ópticas creadas por la luz procedente de un ángulo diferente. Estudiaba los detalles de la puerta con un enfoque más científico, con sus oxidados cerrojos y goznes, cuando fue consciente de que había algo cerca de él... de hecho, casi sobre su cabeza. Algo estaba colgando del árbol y no se trataba de una rama rota. Durante unos segundos se quedó tan quieto como una piedra, e igual de frío. Lo que vio por encima de él eran las piernas de un hombre, presumiblemente las de un hombre ahorcado. Pero al instante lo supo. El hombre estaba vivito y pataleando, y un segundo después se dejó caer al suelo y se giró hacia el intruso. Al mismo tiempo, otros tres o cuatro árboles parecieron cobrar vida del mismo modo. Otras cinco o seis figuras habían caído de pie desde sus antinaturales nidos. Era como si el lugar fuera una isla de monos. Pero un momento después habían salido en estampida hacia él, y cuando le pusieron las manos encima supo que eran hombres.

Con la linterna que llevaba en la mano golpeó al cabecilla en el rostro con tanta furia que el hombre trastabilló y cayó rodando por el fangoso césped; pero la linterna se rompió y se apagó, dejándolo todo sumido en una oscuridad más densa. Lanzó de un empujón a otro hombre contra la pared del templo, y este se deslizó hasta el suelo; pero un tercero y un cuarto levantaron a Fisher del suelo y comenzaron a llevarlo a cuestas, con mucho forcejeo, hacia la puerta. Incluso en el desconcierto de la batalla, fue consciente de que la puerta estaba abierta. Alguien estaba llamando a los rufianes desde el interior.

En el momento en el que estuvieron dentro, lo lanzaron sobre una especie de banco o cama con violencia, pero sin hacerle daño, ya que el diván, o lo que fuera, parecía estar cómodamente acolchado para recibirle. Su violencia contenía una buena dosis de prisa y, antes de que pudiera levantarse, ya todos habían corrido hacia la puerta para escapar. Fueran quienes fuesen los bandidos que infestaban esa desierta isla, era obvio que les incomodaba su trabajo y estaban muy ansiosos por verse libres de él. Se le ocurrió la fugaz idea de que unos criminales habituales apenas sentirían tal pánico. A continuación, la gran puerta dio un portazo y pudo oír los cerrojos chirriar al correrlos para encerrarle, y los pies de los hombres que se alejaban a toda prisa, tropezando por el camino de piedras. Pero, por muy rápido que sucedió todo, no ocurrió antes de que Fisher hubiera hecho algo que había querido hacer. Incapaz de levantarse de donde lo habían dejado despatarrado con tanta rapidez, había estirado una de sus largas piernas y le había echado la zancadilla al tobillo del último hombre que pretendía desaparecer por la puerta. El hombre se tambaleó y cayó dentro de la celda, y la puerta se cerró entre él y sus compañeros a la fuga. Era obvio que tenían demasiada prisa como para darse cuenta de que se habían dejado a un compañero atrás.

El hombre se puso de pie de un salto y aporreó y pateó la puerta furiosamente. El sentido del humor de Fisher empezó a recuperarse desde el forcejeo y se sentó en su sofá con algo de su innata despreocupación. Pero conforme escuchaba a su cautivo captor golpear la puerta de la prisión, se le ocurrió una nueva y curiosa reflexión.

La acción natural de un hombre que deseara llamar la atención de sus amigos sería gritar, gritar mientras daba patadas. Este hombre estaba haciendo todo el ruido que podía con sus pies y manos, pero ni un sonido salía de su garganta. ¿Por qué no podía hablar? Al principio pensó que el hombre podría estar amordazado, lo cual era evidentemente absurdo. Entonces su imaginación cayó en la fea idea de que el hombre fuera mudo. Apenas sabía por qué le resultaba una idea tan desagradable, pero afectó su imaginación de un modo oscuro y exagerado. Parecía haber algo siniestro en la idea de que lo hubieran dejado en una habitación oscura con un sordomudo. Era casi como si tal defecto fuera una deformidad. Era casi como si conviviera con otras deformidades peores. Era como si la forma que podía ver en la oscuridad fuera una forma que no debería ver la luz del sol.

Entonces le sobrevino un destello de cordura y también de percepción. La explicación era muy sencilla, pero bastante interesante. Obviamente, el hombre no usaba su voz porque no deseaba que reconociera su voz. Esperaba escapar de ese lugar oscuro antes de que Fisher averiguara de quién se trataba. ¿Y quién sería? Una cosa al menos estaba clara. Era alguno de los cuatro o cinco hombres con los que Fisher había conversado en esos lares y durante el desarrollo de esa extraña historia.

—Ahora me pregunto quién es usted —dijo en voz alta con toda su lánguida gentileza—. Supongo que no sirve de nada intentar estrangularlo para averiguarlo; sería desagradable pasar la noche con un cadáver. Además, puede que el cadáver fuera yo. No tengo cerillas y he roto mi linterna, así que sólo me queda especular. ¿Quién podría ser usted? Pensemos.

El hombre al que se había dirigido con tanta cordialidad había desistido de seguir aporreando la puerta y se había retirado con hosquedad a un rincón mientras Fisher continuaba dirigiéndose a él con su fluido monólogo.

—Es posible que sea el cazador furtivo que dice que no es un cazador furtivo. Dice que es propietario de tierras; pero me permitirá informarle de que, sea quien sea, es un idiota. ¿Qué esperanza puede haber para un campesinado libre en Inglaterra si los mismos campesinos son tan arrogantes como para ser caballeros? ¿Cómo podemos crear una democracia sin demócratas? Como va la cosa, usted quiere ser terrateniente y, así, consiente en ser un delincuente. Y en eso, que lo sepa, es usted como todos los demás. Y ahora que lo pienso, quizás sea usted otra persona.

Hubo un silencio que se vio roto sólo por la respiración en el rincón y el murmullo de la inminente tormenta, que les llegaba por la pequeña rejilla sobre la cabeza del hombre. Horne Fisher continuó hablando.

—¿Es usted sólo un criado, quizás, ese bastante siniestro y viejo criado que fue el mayordomo de Hawker y de Verner? Si es así, usted es el único vínculo entre ambos períodos. Pero, si ese es el caso, ¿por qué degradarse a servir a este sucio extranjero cuando usted, al menos, sirvió al último miembro de una genuina aristocracia nacional? La gente como usted es, al menos en general, patriótica. ¿Inglaterra no significa nada para usted, señor Usher? Puede que toda esta elocuencia haya sido desperdiciada, pues quizás usted no es el señor Usher.

»Es más probable que sea Verner, y no sirve de nada desperdiciar elocuencia para hacer que se avergüence de sí mismo. Ni tampoco es buena idea maldecirle por corromper Inglaterra. Ni usted es la persona a la que se deba maldecir. Son los ingleses quienes merecen ser maldecidos, y están malditos porque permitieron que semejantes alimañas hayan usurpado el lugar de sus héroes y sus reyes. No me obsesionaré con la idea de que usted sea Verner, o el estrangulamiento podría comenzar después de todo. ¿Hay alguien más que usted pudiera ser? De seguro que usted no será un sirviente de la otra organización rival. No puedo creer que usted sea Gryce, el agente; y, aun así, Gryce tenía una chispa de fanatismo en su mirada también, y los hombres harán cosas extraordinarias en estas irrisorias contiendas políticas. Y si no es un sirviente, se trata de... No, no puedo creerlo... No la sangre roja de la madurez y la libertad... No el ideal democrático...

Se levantó de un salto por la excitación y, en ese mismo momento, el rugido de un trueno les llegó por la rejilla. La tormenta había empezado, y con ella una nueva luz penetró en su mente. Había una cosa más que podría suceder en un segundo.

—¿Sabe lo que eso significa? —exclamó—. Significa que el mismísimo Dios podría sujetar una vela para mostrarme su rostro infernal.

Y al instante llegó el estallido de un trueno, pero antes del trueno una luz blanca había iluminado toda la estancia durante sólo un segundo.

Fisher había visto dos cosas delante de él. Una era el patrón blanco y negro de la rejilla de hierro contra el cielo; la otra era el rostro del rincón. Era el rostro de su hermano.

Nada salió de los labios de Horne Fisher excepto un nombre de pila, que fue seguido de un silencio más espantoso que la oscuridad. Por fin, la otra figura se movió y se alzó, y la voz de Harry Fisher se oyó por primera vez en esa horrible celda.

—Supongo que me has visto —dijo—, así que ya podemos encender la luz. Podrías haberla encendido en cualquier momento si hubieras encontrado el interruptor.

Pulsó un botón en la pared y todos los detalles de la habitación se iluminaron con algo más potente que la luz del día. De hecho, los detalles fueron tan inesperados que por un momento la conmocionada mente del cautivo se desvió de esa última revelación personal. La habitación, lejos de ser una mazmorra, era más bien una sala de estar, incluso el saloncito de una dama, a excepción de algunas cajas de puros y botellas de vino que estaban apiladas con libros y revistas sobre una mesita auxiliar. Un segundo vistazo le hizo ver que los accesorios masculinos eran más recientes, y que el trasfondo más femenino era bastante antiguo. Le llamó la atención una tira de tapiz descolorido, lo cual provocó que hablara e hizo que olvidara por el momento los asuntos más acuciantes.

—Este lugar fue amueblado con muebles de la mansión —dijo.

—Sí —contestó el otro—, y creo que sabes por qué.

—Creo que sí —dijo Horne Fisher—, y antes de pasar a temas más extraordinarios, diré lo que pienso. El hacendado Hawker interpretó dos papeles: el de bígamo y el de bandido. Su primera esposa no estaba muerta cuando se casó con la judía; estaba prisionera en esta isla. Ella dio a luz a un niño aquí, quien ahora frecuenta su lugar de nacimiento bajo el nombre de Long Adam. Un empresario en bancarrota llamado Werner descubrió el secreto y chantajeó al hacendado para que le entregara la finca. Todo eso está muy claro y era fácil. Y ahora permíteme que pase a algo más difícil. Y es que tú me expliques qué demonios estás haciendo, secuestrando a tu propio hermano.

Henry Fisher contestó tras una pausa.

—Supongo que no esperabas verme —dijo—. Pero, después de todo, ¿qué esperabas?

—Me temo que no te sigo —dijo Horne Fisher.

—Me refiero a qué otra cosa podías esperar después de haber metido la pata como lo hiciste —dijo su hermano con tono malhumorado—. Todos pensábamos que eras tan inteligente. ¿Cómo íbamos a saber que no serías más que... un maldito fracasado?

—Esto es bastante curioso —dijo el candidato con el ceño fruncido—. Y lo digo sin vanidad, no tenía la impresión de que mi candidatura fuera un fracaso. Todos los grandes mítines fueron un éxito y las multitudes me han prometido su voto.

—Claro que te lo han prometido —dijo Henry con tono sombrío—. Has obtenido una victoria aplastante con tus malditos acres y una vaca, y Verner apenas podrá conseguir un voto en ninguna parte. ¡Ah, es una desgracia!

—¿Qué demonios quieres decir?

—¡Maldita sea, estás loco! —exclamó Henry con resonante sinceridad—. ¿De verdad pensabas que ibas a ganar ese escaño? ¡Oh, qué infantil! Te digo que Verner tiene que conseguirlo. Por supuesto que es él quien debe ganar. Tiene que asistir a la próxima sesión de Hacienda, y luego está lo del préstamo egipcio y Dios sabe qué más. Sólo queríamos que tú dividieras el voto reformista porque podría suceder un desastre si Hughes hubiera ganado en Barkington.

—Ya veo —dijo Fisher—, y tú, creo, eres un pilar y apoyo del partido reformista. Como dices, no soy inteligente.

La apelación a la lealtad al partido cayó en oídos sordos, ya que el pilar de la reforma estaba pensando en otras cosas. Al final habló con voz más afligida.

—No quería que me pillaras; sabía que sería toda una sorpresa. Pero te digo que nunca me habrías descubierto si yo no hubiera venido aquí para asegurarme de que no te trataban mal y que todo estuviera tan confortable como debiera.

Su voz se rompió un poco antes de proseguir.

—Compré esos puros porque sabía que te gustaban.

Las emociones son cosas extrañas, y la idiotez de esta concesión de repente suavizó a Horne Fisher como un inconmensurable patetismo.

—No importa, hombre —dijo—; no volveremos a hablar de ello. Admitiré que eres el canalla e hipócrita más bondadoso y afectuoso que jamás ha intentado arruinar su país. No puedo expresarlo con más generosidad. Gracias por los puros, hermano. Me fumaré uno si no te importa.

* * *

Para cuando Horne Fisher hubo terminado de contarle esta historia a Harold March, habían salido a uno de los parques públicos y habían tomado asiento en una elevación del terreno con vistas a amplios espacios verdes bajo un cielo azul y despejado. Había algo incongruente en las palabras con las que acabó la narración.

—He vuelto a esa habitación desde entonces —dijo Horne Fisher—. Estoy en ella ahora. Gané las elecciones, pero nunca fui al Parlamento. Mi vida ha sido una vida en ese pequeño salón en esa solitaria isla. Muchos libros y puros y lujos, mucho conocimiento e interés e información, pero nunca una voz que saliera de esa tumba para llegar al mundo exterior. Es probable que muera allí.

Y sonrió mientras miraba al gris horizonte al otro lado del vasto parque verde.

CAPÍTULO VIII

La venganza de la estatua

Fue en la soleada veranda de un hotel de la costa, con vistas a un entramado de parterres de flores y a una franja de mar azul, donde Horne Fisher y Harold March mantuvieron su discusión final, una que podría calificarse de explosiva.

Harold March había llegado a la pequeña mesa y se había sentado con apagada excitación que ardía a fuego lento en sus soñadores y algo confusos ojos azules. En los periódicos que había tirado sobre la mesa había suficiente para explicar parte de sus emociones, si no todas. Los asuntos públicos de todos los departamentos estaban en crisis. El Gobierno que se había mantenido durante tanto tiempo que los hombres ya se habían acostumbrado a él sin protestar, de igual modo que se habían acostumbrado a un despotismo hereditario, había empezado a recibir acusaciones de meteduras de pata e incluso de cometer abusos con las finanzas. Algunos decían que el experimento de intentar establecer un campesinado en el oeste del país, siguiendo las pautas de un capricho de Horne Fisher, no había dado como resultado nada más que peligrosas disputas con vecindarios más industriales. Se habían dado quejas concretas sobre el maltrato infligido a indefensos extranjeros, principalmente asiáticos, que resultaban estar empleados en las nuevas obras científicas construidas en la costa. De hecho, el nuevo poder que había surgido en Siberia, respaldado por Japón y otros poderosos aliados, se sentía inclinado a tomar cartas en el asunto en interés de sus exiliados súbditos; se habían dado absurdas conversaciones sobre embajadores y ultimátums. Pero algo mucho más grave, por su interés personal para March, parecía cubrir su encuentro con su amigo con una mezcla de vergüenza e indignación.

Tal vez aumentaba su enojo el que hubiera una cierta vivacidad inusual en la normalmente lánguida figura de Fisher. La habitual imagen que tenía March en su mente era la de un caballero pálido y calvo, que parecía haber envejecido de manera prematura, de igual modo que su calvicie también era prematura. Lo recordaba como un hombre que expresaba las opiniones de un pesimista con el lenguaje de un holgazán. Incluso ahora, March no podía asegurarse de si el cambio era simplemente una especie de máscara creada por la luz del sol, o si se trataba de ese efecto de colores claros y contornos definidos que es siempre visible en los desfiles de las ciudades costeras, atenuados contra el friso azulado del mar. Pero Fisher llevaba una flor en el ojal y su amigo habría jurado que llevaba su bastón con algo parecido al pavoneo de un luchador. Con las nubes que se cernían sobre Inglaterra, el pesimista parecía ser el único hombre que llevaba consigo la luz del sol.

—Mire —dijo Harold March con brusquedad—, usted ha sido un gran amigo para mí y nunca antes me he sentido orgulloso de ninguna amistad, pero hay algo que necesito decir para desahogarme. Cuanto más averiguaba, menos entendía cómo usted podía soportarlo. Y le digo que yo no voy a seguir soportándolo.

Horne Fisher lo miró con gravedad y prestándole gran atención, pero más bien como si su mente se encontrara lejos de allí.

—Ya sabe que usted siempre me cayó bien —dijo Fisher en tono quedo—, pero también le respeto, lo cual no siempre es lo mismo. Es posible que usted discierna que me gustan muchas personas a las que no respeto. Tal vez sea esa mi desgracia, o puede que sea mi defecto. Pero usted es muy diferente y le prometo lo siguiente: que nunca intentaré mantenerle como alguien que me gusta a costa de no respetarlo.

—Sé que usted es magnánimo —dijo March tras hacer una pausa—, y aun así tolera y perpetúa todo lo que es mezquino.

Hubo otro silencio. Entonces March continuó hablando.

—¿Recuerda la primera vez que nos vimos? ¿Aquella vez que usted estaba pescando en ese arroyo en el asunto de la diana? ¿Y recuerda que dijo que, después de todo, no perjudicaría demasiado a la humanidad si se pudiera destruir toda la maraña de la sociedad haciéndola volar por los aires con dinamita?

—Sí. ¿Qué pasa con eso? —preguntó Fisher.

—Sólo que voy a hacerla volar por los aires con dinamita —dijo Harold March—, y me parece correcto ponerle sobre aviso. Durante mucho tiempo no quise creer que la situación era tan mala como usted la pintaba. Pero nunca me sentí capaz de poder ocultar lo que usted sabía, suponiendo que realmente lo supiera. Bueno, en resumidas cuentas, resulta que tengo conciencia y ahora, al fin, también tengo la oportunidad de hacerlo. Me han puesto al mando de un gran periódico independiente, donde tengo carta blanca, y vamos a abrir fuego contra la corrupción.

—Eso será... Attwood, supongo —dijo Fisher con tono reflexivo—. Comerciante de madera. Sabe mucho sobre China.

—Sabe mucho sobre Inglaterra —dijo March con porfía—, y ahora que yo también lo sé no vamos a seguir callando. La gente de este país tiene derecho a saber cómo los están gobernando... o más bien, cómo los están arruinando. El ministro de Hacienda está en el bolsillo de los usureros y tiene que hacer lo que le dicen; de otro modo caerá en bancarrota, en una bancarrota absoluta y terrible, sin nada más que naipes y actrices tras ella. El primer ministro estaba metido hasta las cejas en el turbio negocio de los contratos petrolíferos. El ministro de Relaciones Exteriores es un despojo por el alcohol y las drogas. Cuando se acusa así a un hombre que podría enviar a miles de ingleses a morir en vano, nos dicen que tenemos algo personal contra él. Si un pobre maquinista se emborracha y mata a treinta o cuarenta personas, nadie se queja de que al contarlo estemos haciendo un ataque personal. El maquinista no es una persona.

—Estoy de acuerdo con usted —dijo Fisher con calma—. Usted tiene toda la razón.

—Si está de acuerdo con nosotros, ¿por qué demonios no actúa con nosotros? —exigió su amigo—. Si cree que es lo correcto, ¿por qué no hace lo correcto? Es horrible pensar que un hombre de su intelecto simplemente se dedique a poner obstáculos en el camino de la reforma.

—Hemos hablado a menudo del tema —respondió Fisher con la misma compostura—. El primer ministro es amigo de mi padre. El ministro de Relaciones Exteriores se casó con mi hermana. El ministro de Hacienda es mi primo hermano. Menciono la genealogía con todo detalle ahora por una razón en particular. La razón es que siento una curiosa especie de alborozo en este momento. Y no es por el mar y el sol, no señor. Estoy disfrutando de una emoción que me resulta completamente nueva, una sensación de felicidad que no recuerdo haber sentido jamás.

—¿Qué demonios quiere decir?

—Me siento orgulloso de mi familia —dijo Horne Fisher.

Harold March se lo quedó mirando con asombrados ojos azules, demasiado desconcertado siquiera como para hacer una pregunta. Fisher se reclinó en su silla con su lánguida apostura y sonrió al proseguir con su discurso.

—Mire, mi querido amigo, deje que le haga una pregunta. Usted insinúa que yo siempre he sabido esos detalles sobre mis desafortunados parientes. Y es cierto. ¿Supone usted que Attwood no lo ha sabido siempre? ¿Supone que no siempre ha sabido que usted es un hombre honesto que denunciaría tales cosas cuando tuviera la oportunidad? ¿Por qué ha decidido Attwood quitarle el bozal como a un perro justo ahora, después de todos estos años? Sé por qué lo hace; sé muchas cosas, demasiadas cosas. Y, por lo tanto, como tengo el honor de comentar, por fin me siento orgulloso de mi familia.

—Pero ¿por qué? —repitió March débilmente.

—Estoy orgulloso del ministro de Hacienda porque apostaba, y del ministro de Relaciones Exteriores porque bebía, y del primer ministro porque aceptó una comisión por unas contratas —dijo Fisher con firmeza—. Estoy orgulloso de ellos porque hicieron esas cosas y se les puede denunciar por ello, y *se están manteniendo firmes ante todo eso*. Me quito el sombrero ante ellos porque se están resistiendo al chantaje y se niegan a destrozar su país para salvarse ellos. Les saludo como si fueran a morir en el campo de batalla.

Hizo una pausa antes de continuar.

—Y será un campo de batalla, y no uno metafórico. Hemos cedido ante los financieros extranjeros durante tanto tiempo que ahora es guerra o ruina. Incluso la gente, incluso los campesinos, están empezando a sospechar que están siendo arruinados. Ese es el significado de los lamentables incidentes que aparecen en los periódicos.

—¿El significado de los ultrajes hacia los orientales? —preguntó March.

—El significado de los ultrajes hacia los orientales —contestó Fisher—, es que los financieros han introducido mano de obra china en este país con el deliberado propósito de reducir a los trabajadores y a los campesinos a morir de inanición. Nuestros infelices políticos han estado haciendo una concesión tras otra, y ahora están pidiendo concesiones que equivalen a que estemos ordenando una masacre de nuestra población más desfavorecida. Si no luchamos ahora, nunca volveremos a luchar. Habrán dejado a Inglaterra en una posición económica famélica en una semana. Pero ahora vamos a luchar; no me sorprendería que hubiera un ultimátum dentro de una semana y una invasión al cabo de quince días. Toda la corrupción pasada y la cobardía nos estorba, por supuesto; la zona oeste es muy tormentosa, pero dudo que lo sea en un sentido militar, y los regimientos irlandeses que se supone deben apoyarnos según el nuevo tratado se han amotinado, puesto que, por supuesto, este infernal capitalismo culi también les está siendo impuesto en Irlanda. Pero eso va a parar ahora, y si el mensaje de consuelo del Gobierno les llega a tiempo, puede que aparezcan, después de todo, para cuando llegue el enemigo. Porque mi pobre pandilla va a mantenerse firme al fin. Por supuesto, es natural que, cuando han sido blanqueados durante medio siglo para mostrarlos como dechados de virtudes, sus pecados se les vuelvan en contra en el preciso instante en el que se están comportando como hombres por primera vez en sus vidas. Bueno, ya le digo, March, que los conozco muy bien y sé que se están comportando como héroes. Cada uno de ellos debería tener una estatua con palabras en el pedestal como las del más noble rufián de la Revolución Francesa: *Que mon nom soit fletri; que la France soit libre.*

—¡Cielo santo! —exclamó March—. ¿Es que nunca vamos a llegar al fondo de sus dimes y diretes?

Tras un silencio, Fisher contestó en voz más baja, mirando a su amigo a los ojos.

—¿Creía que en el fondo sólo había pura maldad? —preguntó con gentileza—. ¿Creía que yo sólo había encontrado inmundicia en los profundos mares a los que me ha arrojado el destino? Créame, usted no puede conocer lo mejor de los hombres hasta que haya conocido todo lo peor. Saber que aquellos que eran exhibidos ante el mundo como impecables figuras de cera también se fijaban en las mujeres y conocían el significado del soborno no hace que no posean almas humanas. Se puede vivir una buena vida incluso en un palacio; e incluso en un Parlamento la vida se puede vivir con esfuerzos ocasionales por vivirla bien. Le digo que eso es tan cierto para estos ricos idiotas y granujas como lo es para cada pobre ladrón o carterista, y que sólo Dios sabe lo buenos que han intentado ser. Sólo Dios sabe a lo que la conciencia puede sobrevivir, o cómo un hombre que ha perdido su honor aún intentará salvar su alma.

Hubo otro silencio y March se quedó mirando fijamente la mesa mientras Fisher miraba hacia el mar. Entonces, Fisher se puso de pie de súbito y recogió su sombrero y su bastón con toda su nueva alerta e incluso beligerancia.

—Mire, viejo amigo —exclamó—, hagamos un trato. Antes de que abra su campaña para Attwood, venga a alojarse con nosotros una semana para ver lo que estamos haciendo en realidad. Me refiero a los Leales, anteriormente conocidos como la Vieja Pandilla, y en ocasiones descritos como los Rastreros. En realidad, sólo somos cinco los que estamos dispuestos a organizar la defensa nacional, y estamos viviendo como una guarnición en una suerte de hotel destartalado en Kent. Venga a ver lo que estamos realmente haciendo y lo que nos queda por hacer, y háganos justicia. Y después, con inquebrantable amor y afecto por usted, publique lo que quiera y al diablo con todo.

Y así fue como en la última semana antes de la guerra, cuando los sucesos ocurrían con mayor rapidez, Harold March se encontró formando parte de una pequeña reunión casera con las personas a las que se proponía denunciar. Vivían con bastante simpleza, para personas de sus gustos, en una vieja posada de ladrillos cubiertos de hiedra y rodeados por unos deprimentes jardines. En la parte trasera del edificio, el jardín subía en pendiente en ángulos agudos, girando de un lado al otro entre árboles de hoja perenne tan sombríos que más bien parecían ser de color negro. Salpicadas por la pendiente había estatuas que poseían toda la fría monstruosidad de tales ornamentos menores del siglo XVIII; toda una hilera de dichas estatuas conformaba una terraza a lo largo del último terraplén en el fondo, frente a la puerta trasera. Este detalle se quedó grabado primero en la mente de March, simplemente porque figuró en la primera conversación que mantuvo con uno de los ministros del Gobierno.

Los ministros del Gobierno eran bastante más viejos de lo que había esperado. El primer ministro ya no parecía un muchacho, aunque seguía recordando a un bebé. Pero se trataba de uno de esos viejos y venerables bebés, y el bebé tenía un suave cabello gris. Todo en él era suave, desde su discurso hasta su forma de caminar; pero, por encima de todo, su función principal era dormir. La gente que se quedaba a solas con él se había acostumbrado a que sus ojos estuvieran cerrados; tanto era así que casi se sobresaltaban cuando se percataban en el silencio de que sus ojos estaban bien abiertos, incluso vigilantes. Una cosa, al menos, siempre hacía que el caballero abriera los ojos. Lo único que realmente le importaba en el mundo era su afición por las armas, en especial las armas orientales, y se podría pasar horas hablando sobre espadas de Damasco o la habilidad de los árabes con las espadas. Lord James Herries, el ministro de Hacienda, era un hombre bajo, moreno y robusto de rostro en extremo cetrino y carácter taciturno en demasía, que contrastaba con la preciosa flor en el ojal y su truco festivo de ir siempre un poco arreglado de más. Lo de decir que era un hombre famoso en la ciudad era algo así como un eufemismo. Había quizás más misterio en la cuestión de cómo un hombre que vivía para el placer parecía sacar tan poco placer de la vida. El ministro de Relaciones Exteriores, sir David Archer, era el único que era un hombre hecho a sí mismo y el único que tenía aspecto de aristócrata. Era alto, delgado y muy guapo, con barba canosa; su cabello gris era muy rizado e incluso formaba en su frente dos rebeldes tirabuzones que, a ojos de los fantasiosos, parecían temblar como las antenas de un insecto gigante o sacudirse con simpatía junto con las inquietas y pobladas cejas sobre sus demacrados ojos. Ya que el ministro de Relaciones Exteriores no ocultaba su condición algo nerviosa, sin importar cuál fuera la razón para ella.

—¿Conoce esa sensación que hace que uno sienta deseos de gritar porque una alfombra está torcida? —le dijo a March mientras paseaban por el jardín trasero, por debajo de la hilera de sucias estatuas—. Las mujeres se ponen de ese humor cuando han trabajado demasiado duro, y últimamente yo he estado trabajando bastante duro, por supuesto. Me pone de los nervios cuando Herries lleva el sombrero un poco torcido, con esa costumbre de parecer un tipo afable. A veces juro que se lo quitaría de un manotazo. Esa estatua de Britania de allí no está muy derecha; sobresale un poco hacia delante como si la dama estuviera a punto de desplomarse. Pero lo que me indigna es que no se desplome de una vez por todas. ¿Ve que está sujeta con un puntal de hierro? No se sorprenda si me levanto en mitad de la noche para derribarla.

Recorrieron el sendero en silencio durante un rato y luego siguió hablando.

—Es extraño que esas nimiedades parezcan especialmente perturbadoras cuando hay cosas más importantes sobre las que preocuparse. Más nos vale entrar y trabajar un poco.

Era evidente que Horne Fisher permitía todas las neuróticas posibilidades de Archer y los hábitos disolutos de Herries; y fuera cual fuese su fe en su actual firmeza, no abusaba en exceso de su tiempo y su atención, ni siquiera en el caso del primer ministro. Al fin había recibido el consentimiento de este último para encomendar los documentos importantes, con las órdenes para los ejércitos occidentales, al cuidado de una persona menos notoria y más de fiar: un tío suyo llamado Horne Hewitt, un terrateniente bastante soso que había sido un buen soldado y que era el consejero militar del comité. Se le había encomendado la labor de enviar el compromiso del Gobierno, junto con los coordinados planes militares, a los mandos medio amotinados del oeste; también era labor suya la más acuciante tarea de asegurarse de que no cayeran en las manos del enemigo, que aparecería en cualquier momento desde el este. Además de este oficial militar, la otra única persona presente era un oficial de la policía, un tal doctor Prince, originariamente un cirujano de la policía y ahora un distinguido detective, enviado para hacer de guardaespaldas del grupo. Era un hombre de rostro cuadrado, con grandes anteojos y gesto que expresaba la intención de mantener la boca cerrada. Nadie más compartía su cautiverio a excepción del propietario del hotel, un irascible hombre de Kent con semblante parecido a una manzana silvestre, un par de sus criados, y otro sirviente que se encargaba personalmente de lord James Herries. Se trataba de un joven escocés llamado Campbell, de aspecto mucho más distinguido que su patrón y su aspecto bilioso, con su cabello castaño y su largo rostro saturnino de grandes pero elegantes rasgos. Era probable que fuera la única persona realmente eficiente en la casa.

Tras unos cuatro días de consejo informal, March había llegado a sentir una suerte de grotesca sublimidad acerca de estas dudosas figuras, desafiantes en el ocaso del peligro, como si fueran jorobados y tullidos que hubieran sido abandonados para defender un pueblo. Todos estaban trabajando duro, y él mismo levantó la vista de la página en la que estaba escribiendo un memorándum, acomodado en una habitación privada, para ver a Horne Fisher en la puerta, equipado como para un viaje. Se le ocurrió que Fisher parecía un poco pálido y, tras unos segundos, el caballero cerró la puerta tras él antes de hablar en tono quedo.

—Bueno, ha sucedido lo peor. O casi lo peor.

—El enemigo ha desembarcado —exclamó March, quien se levantó de un salto de su silla.

—Ah, yo sabía que el enemigo desembarcaría —dijo Fisher con aplomo—. Sí, ha llegado, pero eso no es lo peor que podría suceder. Lo peor es que hay una filtración de algún tipo, incluso desde esta fortaleza que hemos creado. Déjeme que le diga que me ha dejado un poco asombrado, aunque supongo que es ilógico. Después de todo, me sentía lleno de admiración por encontrar a tres políticos honestos. No debería sentirme lleno de perplejidad por encontrar sólo a dos.

Caviló unos instantes antes de hablar de un modo que March apenas podía saber si estaba cambiando de tema o no.

—Es difícil creer al principio que a un tipo como Herries, que se había macerado en el vicio como quien hace encurtidos en vinagre, pueda quedarle algún escrúpulo. Pero en cuanto a eso he notado algo curioso. El patriotismo no es la primera virtud. El patriotismo se descompone en prusianismo cuando se finge que es la primera virtud. Pero el patriotismo es a veces la última virtud. Un hombre estafará o seducirá, pero no traicionará a su país. No obstante, ¿quién sabe?

—¿Qué vamos a hacer? —exclamó March con indignación.

—Mi tío tiene los documentos a buen recaudo —contestó Fisher—, y va a enviarlos al oeste esta noche. Pero alguien está intentando obtenerlos desde fuera, me temo que con la ayuda de alguien de dentro. Todo lo que puedo hacer ahora mismo es intentar interceptar al hombre de fuera, y debo escabullirme ahora para hacerlo. Volveré dentro de unas veinticuatro horas. Mientras estoy fuera, quiero que vigile a estas personas y averigüe lo que pueda. *Au revoir.*

Se desvaneció escaleras abajo y, desde la ventana, March pudo verle subir a una motocicleta y alejarse hacia el pueblo vecino.

A la mañana siguiente, March estaba sentado en el asiento bajo la ventana del viejo salón de la posada, que tenía las paredes recubiertas con paneles de roble y era bastante oscuro por regla general. Pero en esa ocasión estaba iluminado por la luz blanca de una mañana curiosamente despejada; la luna había brillado con fuerza durante las últimas dos o tres noches. Él se encontraba un poco en sombra en el rincón del asiento de la ventana y lord James Herries, al entrar apresurado desde el jardín trasero, no lo vio. Lord James se aferró al respaldo de una silla, como para mantener el equilibrio y, sentándose bruscamente a la mesa, cubierta con los restos de su última comida, se sirvió un vaso de brandi y se lo bebió. Estaba sentado de espaldas a March, pero su rostro amarillo se reflejaba en un espejo redondo y el color de su tez era como el de una horrible enfermedad. Cuando March se movió, se sobresaltó violentamente y se dio media vuelta.

—¡Dios mío! —exclamó—. ¿Ha visto lo que hay ahí fuera?

—¿Fuera? —repitió el otro, que miró hacia el jardín por encima de su hombro.

—¡Oh, vaya a verlo usted mismo! —gritó Herries con algo de furia en su voz—. Han asesinado a Hewitt y le han robado los documentos, eso es todo.

Volvió a darle la espalda y se sentó con un ruido sordo; sus cuadrados hombros se estremecían. Harold March salió corriendo por la puerta que daba al jardín trasero con su empinada pendiente de estatuas.

Lo primero que vio fue al doctor Prince, el detective, mirando a través de sus lentes a algo tirado en el suelo; lo segundo que vio fue lo que este estaba mirando. Incluso después de la sensacionalista noticia que había oído dentro, la visión fue toda una conmoción.

La monstruosa imagen de piedra de Britania estaba tumbada boca abajo en el sendero del jardín, y allí, sobresaliendo al azar desde debajo de la estatua, como las patas de una mosca aplastada, se veían un brazo vestido con una camisa blanca y una pierna vestida con un pantalón caqui, y el cabello del inconfundible color rubio grisáceo que pertenecía al desafortunado tío de Horne Fisher. Había charcos de sangre y los miembros estaban rígidos por la muerte.

—¿Es posible que haya sido un accidente? —dijo March cuando por fin recuperó el habla.

—Compruébelo usted mismo —repitió la severa voz de Herries, que le había seguido con movimientos inquietos—. Le digo que los documentos han desaparecido. El tipo le arrancó el abrigo al cadáver y sacó los documentos del bolsillo oculto. El abrigo está allí, sobre el terraplén, con el forro rajado.

—Pero, espere un momento —dijo el detective Prince en voz baja—. En ese caso parece que tenemos un misterio entre manos. Un asesino podría, de algún modo, haber conseguido tirar la estatua sobre él, como parece que ha hecho. Pero apuesto lo que sea a que no pudo haber vuelto a levantarla con facilidad. Lo he intentado y estoy seguro de que necesitaríamos, al menos, tres hombres para moverla. Aun así, teniendo en cuenta esa teoría, debemos suponer que el asesino lo tumbó primero mientras caminaba por aquí, usando la estatua como un garrote de piedra, luego la volvió a levantar, lo sacó de debajo y le quitó el abrigo, para luego volver a colocarlo en la posición de su muerte y recolocar la estatua con cuidado. Les digo que es físicamente imposible. ¿Y cómo si no podría quitarle una prenda a un hombre que está cubierto por un monumento de piedra? Es peor que el truco de un prestidigitador en el que un hombre se quita el abrigo con las manos atadas.

—¿Podría haber tirado la estatua después de haberle quitado el abrigo al cadáver? —preguntó March.

—¿Y por qué? —preguntó Prince con aspereza—. Si había matado a su hombre y le había robado los documentos, huiría como el viento. No se entretendría en un jardín excavando los pedestales de las estatuas. Además... Vaya, ¿quién hay ahí arriba?

En el terraplén que se cernía sobre ellos, dibujada con oscuras y delgadas líneas contra el cielo, se veía una figura tan larga y esbelta que casi parecía una araña. La oscura silueta de la cabeza mostraba dos pequeños mechones como cuernos, y casi jurarían que los cuernos se movían.

—¡Archer! —gritó Herries con repentina pasión, y le dijo entre maldiciones que bajara. La figura retrocedió ante el primer grito, con un agitado movimiento tan brusco que casi podría calificarse de grotesco. Al momento siguiente, el hombre pareció reconsiderarlo y se recompuso; comenzó a bajar el serpenteante sendero del jardín con evidente reticencia. Sus pies cada vez seguían un ritmo más lento. Por la mente de March daban vueltas las frases que este mismo hombre había usado, sobre lo de que se volvería loco en mitad de la noche y destrozaría la figura de piedra. Justo así podía imaginarse al maníaco que había cometido tal atrocidad trepando hasta la cima de la colina, de un modo enfebrecido, para mirar el desastre que había creado. Pero el desastre que había creado no era sólo la rotura de la piedra.

Cuando el hombre emergió al fin en el camino del jardín, con la luz dando de pleno en su rostro y figura, era cierto que iba caminando despacio, pero sin problemas y sin aspecto de temer nada.

—Esto es algo terrible —dijo—. Lo he visto desde arriba. Estaba dando un paseo por el risco.

—¿Se refiere a que ha visto el asesinato? —exigió March—. ¿O el accidente? Quiero decir, ¿ha visto la estatua caer?

—No —dijo Archer—, quiero decir que vi la estatua derribada.

Prince parecía estar prestando poca atención; su mirada estaba fija en un objeto tirado en el camino a unos dos metros del cadáver. Parecía ser una oxidada barra de hierro doblada en un extremo.

—Una cosa que no entiendo —dijo—, es toda esta sangre. El cráneo del pobre hombre no está destrozado; es más probable que se rompiera el cuello. Pero la sangre parece haber salido a borbotones como si le hubieran cortado todas las arterias. Me estaba preguntando si no lo habrían hecho con algún otro instrumento... esa cosa de hierro, por ejemplo, pero no veo que sea lo suficientemente afilado. Supongo que nadie sabe lo que es.

—Yo sé lo que es —dijo Archer con su profunda voz, que sonaba algo temblorosa—. Lo he visto en mis pesadillas. Era el puntal de hierro del pedestal, clavado en él para mantener la estatua erguida cuando comenzó a tambalearse, supongo. De todas formas, siempre estuvo clavado en la piedra y supongo que se salió cuando la cosa se derrumbó.

El doctor Prince asintió, pero continuó con la mirada clavada en los charcos de sangre y la barra de hierro.

—Estoy seguro de que hay algo más debajo de todo esto —dijo al fin—. Quizás haya algo más debajo de la estatua. Tengo un gran presentimiento de que lo hay. Somos cuatro hombres ahora; entre los cuatro podemos levantar esa gran lápida.

Todos emplearon sus fuerzas en tal desempeño; se hizo el silencio a excepción de sus pesadas respiraciones. Y entonces, al cabo de unos minutos de bamboleo de ocho piernas, la gran columna de roca esculpida fue apartada y el cuerpo que allí yacía, en mangas de camisa y pantalones, fue revelado al completo. Los anteojos del doctor Prince parecieron casi agrandarse con excitación contenida, como grandes ojos, ya que otras cosas fueron también reveladas. Una fue que el desafortunado Hewitt tenía un profundo tajo en la yugular, que el triunfante médico identificó al instante haber sido infligido por una hoja de acero afilada, como una navaja. La otra cosa que se reveló fue que, justo debajo del terraplén habían tirado tres trozos brillantes de acero, cada uno de ellos de unos treinta centímetros de longitud, uno afilado y otro encajado en una empuñadura enjoyada de un modo primoroso. Era evidente que se trataba de una especie de largo cuchillo oriental, lo suficientemente largo para que pudiera ser descrito como una espada, pero con un curioso filo ondulado. Había unas gotas de sangre en la punta.

—Habría esperado más sangre, no sólo en la punta —observó el doctor Prince, pensativo—, pero este es ciertamente el instrumento. El corte fue de seguro realizado con un arma con esta forma, y es probable que el corte del bolsillo también. Supongo que el bruto lanzó la estatua como una forma de ofrecerle un funeral público.

March no contestó; estaba hipnotizado por las extrañas piedras que brillaban en la empuñadura de la extraña espada, y su posible significado se expandía por su mente como un terrible amanecer. Era una curiosa arma asiática. Él sabía qué nombre estaba conectado en su memoria con curiosas armas asiáticas. Lord James verbalizó su secreto pensamiento por él, y aun así le sobrecogió como un comentario fuera de lugar.

—¿Dónde está el primer ministro? —había exclamado Herries de repente, y de algún modo sonó como el ladrido de un perro ante un descubrimiento.

El doctor Prince giró sus anteojos y su sombrío rostro hacia él, y se le veía más hosco que nunca.

—No lo encuentro por ninguna parte —dijo—. Lo busqué de inmediato, tan pronto como descubrí que los documentos habían desaparecido. Ese sirviente suyo, Campbell, realizó una búsqueda de lo más eficiente, pero no había ni rastro de su persona.

Se hizo un largo silencio que Herries rompió al proferir otro grito, pero con otra nota totalmente diferente.

—Bueno, ya no necesitan seguir buscando —dijo—, ya que aquí llega junto con su amigo Fisher. Tienen aspecto de haber emprendido una pequeña excursión a pie.

Las dos figuras que se acercaban por el camino eran, en efecto, las de Fisher, con salpicaduras de barro del camino y con un arañazo en un lateral de su desnuda frente como el producido por un zarzal, y la del gran estadista canoso que parecía un bebé y estaba interesado en espadas orientales. Pero más allá de este reconocimiento corporal, March no podía comprender nada sobre su presencia o su conducta, que parecían dar un toque final de sinsentido a toda la pesadilla. Cuanto más atentamente los miraba, allí de pie escuchando las revelaciones del detective, más perplejo se sentía por la actitud de ambos: Fisher parecía apenado por la muerte de su tío, pero no muy asombrado; el mayor de los dos parecía estar pensando en otra cosa y no lo ocultaba, y ninguno de los dos ofreció sugerencia alguna sobre cómo perseguir al fugitivo espía y asesino, a pesar de la prodigiosa importancia de los documentos que había robado. Cuando el detective se hubo marchado a ocuparse de esa parte del asunto, a telefonear y a escribir un informe, cuando Herries volvió a entrar, probablemente a reencontrarse con la botella de brandi, y el primer ministro se hubo alejado débilmente hacia un cómodo sillón en otra parte del jardín, Horne Fisher le habló directamente a Harold March.

—Amigo mío —dijo—, quiero que venga conmigo de inmediato. No hay nadie más en quien pueda confiar tanto. El viaje nos llevará la mayor parte del día y el asunto principal no puede realizarse hasta la caída de la noche. De modo que podemos hablar a conciencia por el camino. Pero quiero que usted esté conmigo, porque creo que me ha llegado la hora.

March y Fisher montaron en sendas motocicletas y la primera mitad de su jornada de viaje consistió en rodar hacia el este entre el ensordecedor ruido de los motores, lo que les impedía conversar. Pero cuando dejaron Canterbury atrás y se adentraron en las llanuras del este de Kent, Fisher se detuvo ante un agradable *pub* junto a un tranquilo riachuelo. Allí se sentaron para comer, beber y conversar casi por primera vez. Era una tarde radiante, los pájaros cantaban en el bosque tras ellos, y el sol daba de pleno sobre su banco y su mesa; pero el rostro de Fisher, bajo la fuerte luz del sol, revelaba una seriedad que no le había visto antes.

—Antes de que vayamos más lejos —dijo—, hay algo que usted debería saber. Tanto usted como yo hemos visto cosas misteriosas y hemos llegado al fondo de ellas antes, y creo que es justo que usted llegue al fondo de este asunto. Pero al tratar con la muerte de mi tío debo empezar por el otro extremo de donde empieza la historia de nuestro viejo detective. Le daré los pasos para la deducción en breve, si quiere oírlos, pero no llegué a la verdad siguiendo el método deductivo. Antes de nada, le contaré la verdad, porque yo sabía la verdad desde el principio. Los otros casos los enfoqué desde fuera, pero en este caso yo estaba dentro. Yo mismo estaba en el meollo del asunto.

Algo en los párpados caídos de su interlocutor y en sus serios ojos grises hizo que March se estremeciera de repente y exclamara en tono distraído, «¡No lo entiendo!», como hacen los hombres cuando temen no comprender nada. No se oyó nada por un instante más que el alegre gorjeo de los pájaros, y entonces Horne Fisher habló con calma.

—Fui yo quien mató a mi tío. Y si quiere saber más en particular, fui yo quien le robó los documentos de Estado.

—¡Fisher! —exclamó su amigo con voz contenida.

—Permítame que se lo cuente todo antes de partir —continuó el otro—, y déjeme exponerlo, en aras de la claridad, como solíamos exponer nuestros viejos problemas. Ahora bien, hay dos cosas que tienen perpleja a la gente acerca de ese problema, ¿verdad? La primera es cómo consiguió el asesino quitarle el abrigo al muerto cuando este ya estaba atrapado en el suelo por ese íncubo de piedra. La otra, que es mucho más insignificante y menos desconcertante, es el hecho de que la espada que le cortó el cuello estuviera ligeramente manchada en la punta, en lugar de tener sangre por todo el filo. Bueno, puedo deshacerme de la primera cuestión con facilidad. Horne Hewitt se quitó el abrigo él mismo antes de que lo asesinaran. Podría decirse que se quitó el abrigo para que le mataran.

—¿Y usted dice que eso es una explicación? —exclamó March—. Las palabras parecen tener menos significado que los hechos.

—Bueno, pasemos a los demás hechos —continuó Fisher con ecuanimidad—. La razón por la que esa espada en particular no está manchada en el filo con la sangre de Hewitt es porque no se usó para matar a Hewitt.

—Pero el doctor —protestó March—, declaró sin lugar a dudas que la herida fue infligida por esa espada en particular.

—Disculpe —contestó Fisher—. No declaró que fuera infligida por esa espada en particular. Declaró que fue hecha por una espada con esa forma en particular.

—Pero era una forma tan extraña y excepcional —razonó March—; de seguro que es una coincidencia demasiado absurda como para imaginar...

—Fue una absurda coincidencia —reflexionó Horne Fisher—. Es extraordinario cómo se dan coincidencias a veces. Por la más extraña de las suertes, por una oportunidad entre un millón, sucedió que otra espada con la misma forma se encontraba en el jardín al mismo tiempo. Puede explicarse en parte por el hecho de que yo mismo llevé ambas espadas al jardín... Vamos, mi querido amigo, estoy seguro de que ya puede ver lo que eso significa. Coloqué las dos juntas; había dos espadas duplicadas y él se quitó el abrigo. Puedo ayudarle en sus especulaciones recordándole que no soy exactamente un asesino.

—¡Un duelo! —exclamó March, recuperándose—. Por supuesto que tenía que habérseme ocurrido. Pero ¿quién era el espía que robó los documentos?

—Mi tío era el espía que robó los documentos —replicó Fisher—, o que intentó robar los documentos cuando yo le detuve... del único modo que pude. Los documentos, que deberían haber sido enviados al oeste para tranquilizar a nuestros aliados y darles los planes para repeler la invasión, habrían estado en manos enemigas en cuestión de horas. ¿Qué podía hacer? Denunciarlo ante uno de nuestros amigos en estos momentos habría significado entrar en el juego de su amigo Attwood, con todo eso del pánico y la esclavitud. Además, puede ser que un hombre que ya pasa de los cuarenta años albergue un subconsciente deseo de morir como ha vivido, y que yo quisiera, en cierto modo, llevarme mis secretos a la tumba. Quizás las aficiones se refuerzan con la edad, y mi afición siempre ha sido guardar silencio. Tal vez siento que he matado al hermano de mi madre, pero he salvado el buen nombre de mi madre. De todos modos, elegí una hora en la que sabía que estarían todos dormidos y que él paseaba a solas por el jardín. Vi todas las estatuas de piedra de pie bajo la luz de la luna y yo mismo era como una de esas estatuas de piedra, pero con la habilidad de caminar. Con una voz que no era la mía, le hablé de su traición y exigí que devolviera los documentos; cuando él se negó, le obligué a coger una de las dos espadas. Las espadas se encontraban entre otros especímenes que habían sido enviados aquí para que el primer ministro los examinara; ya sabe que es coleccionista. Eran las únicas armas idénticas que pude encontrar. Para resumir esta fea historia, luchamos en aquel sendero delante de la estatua de Britania; él era un hombre de gran fortaleza, pero, de algún modo, yo le llevaba ventaja en habilidad. Su espada arañó mi frente casi en el mismo instante en el que la mía se hundía en el hueco de su cuello. Cayó contra la estatua, como César contra la de Pompeyo, y se sujetó al puntal de hierro; su espada ya estaba rota. Cuando vi la sangre manar de esa herida mortal, no pensé en nada más; dejé caer mi espada y corrí hacia él para levantarlo. Cuando me incliné hacia él, algo sucedió con tanta rapidez que no lo advertí. No sé si la barra de hierro estaba podrida por el óxido y se rompió bajo sus manos, o si la arrancó de la piedra con fuerza simiesca. Pero esa cosa estaba en su mano y, con sus últimas fuerzas, intentó golpearme en la cabeza mientras yo me arrodillaba, desarmado, junto a él. Levanté la cabeza violentamente para evitar el golpe y vi que, por encima de nosotros, la gran mole de Britania se inclinaba hacia delante como el mascarón de un barco. Al segundo siguiente vi que se inclinaba unos centímetros más de lo normal y todo el cielo con sus espectaculares estrellas parecía estar inclinándose con ella. Al tercer segundo fue como si el cielo se desplomara. Y al cuarto segundo yo me encontraba en el silencioso jardín mirando la plana ruina de piedra y hueso que usted contempló hoy. Mi tío había arrancado el último puntal que mantenía en pie a la diosa británica, y ella cayó y aplastó al traidor en su caída. Me giré y corrí hacia el abrigo que sabía que contenía el paquete, lo rasgué con mi espada y eché a correr camino arriba hacia donde mi motocicleta me estaba esperando en la carretera que pasaba por arriba del terraplén. Tenía muchos motivos para darme prisa, pero hui sin mirar atrás, sin mirar a la estatua y el cuerpo, y creo que de lo que realmente huía era de la visión de esa espantosa alegoría.

»Entonces hice el resto de lo que tenía que hacer. Toda la noche y hasta bien pasado el amanecer, atravesé zumbando las aldeas y mercados del sur de Inglaterra como una bala hasta llegar al cuartel general del oeste, donde estaba el conflicto. Llegué justo a tiempo. Fui capaz de empapelar el lugar, por así decirlo, con la noticia de que el Gobierno no los había traicionado, y que encontrarían apoyos si avanzaban hacia el este contra el enemigo. No tengo tiempo para contarle todo lo que sucedió, pero le digo que fue el mejor día de toda mi vida. Un triunfo como una procesión a la luz de las antorchas, con antorchas que podrían haber sido tizones. Los motines se apaciguaron; los hombres de Somerset y de los condados del oeste salieron en masa a los mercados; los hombres que murieron con Arthur y se mantuvieron firmes con Alfred. Los regimientos irlandeses se unieron a ellos, tras una escena que fue como una revuelta, y marcharon hacia el este cantando canciones fenianas. Había algo que no se entendía en la oscura risa de esa gente, en el deleite con el que, incluso al marchar con los ingleses en defensa de Inglaterra, cantaban a pleno pulmón un himno nacionalista irlandés cuyo estribillo decía, «¡Dios salve a Irlanda!», y todos podríamos haber cantado lo mismo justo entonces, de un modo u otro.

»Pero había otra parte en mi misión. Llevé los planes de la defensa y, en gran medida, por suerte, también los planes de la invasión. No le aburriré con temas de estrategia, pero sabíamos el lugar donde el enemigo había avanzado la gran artillería que cubría todos sus movimientos. Y aunque nuestros aliados del oeste apenas llegarían a tiempo de interceptar el principal movimiento, podrían llegar a tenerlos dentro del radio de acción de su artillería de largo alcance y bombardearles, si tan sólo supieran su localización exacta. Pero eso es algo que apenas podrían descubrir a menos que alguien de aquí les enviara algún tipo de señal. De algún modo, tengo la impresión de que alguien lo hará.

Tras esas palabras se levantaron de la mesa, volvieron a subir a sus motocicletas y se dirigieron hacia el este, hacia el creciente ocaso. Los niveles del paisaje se repetían en planas tiras de nubes flotantes y los últimos colores del día se aferraban al círculo del horizonte. Alejándose cada vez más a sus espaldas se encontraba el semicírculo de las últimas colinas y, de repente, pudieron ver a lo lejos la tenue línea del mar. No era una franja de azul brillante como la habrían visto desde una soleada veranda, sino de un siniestro y nublado violeta, un tinte que se les antojaba amenazante y negro. Ahí fue donde Horne Fisher volvió a desmontar una vez más.

—Debemos caminar el resto del camino —dijo—, y el último tramo debo recorrerlo yo solo.

Se agachó y comenzó a desatar algo de su motocicleta. Era algo que había desconcertado a su acompañante todo el camino a pesar de tener la mente ocupada con enigmas más interesantes. Parecía ser una pértiga dividida en partes y envuelta en papel. Fisher se la metió bajo el brazo y comenzó a abrirse camino por el pasto. El terreno se iba volviendo cada vez más escabroso e irregular, y él se dirigía hacia una masa de matorrales y bosquecillos. La noche se hacía más oscura a cada paso.

—No debemos hablar más —dijo Fisher—. Le susurraré cuando usted tenga que detenerse. No intente seguirme entonces, ya que sólo arruinará el espectáculo; un hombre apenas puede arrastrarse hasta llegar al sitio de forma segura, y dos hombres serían capturados sin duda.

—Yo lo seguiría a cualquier parte —contestó March—, pero me detendré si eso es lo mejor.

—Sé que lo haría —dijo su amigo en voz baja—. Tal vez sea usted el único hombre en el mundo en el que he confiado de verdad.

Unos pasos más adelante llegaron al final de una gran cresta o colina que se veía monstruosa contra el tenue cielo, y Fisher se detuvo con un gesto. Tomó la mano de su compañero y se la apretó con violenta ternura antes de echar a correr hacia la oscuridad. March apenas podía ver su figura conforme avanzaba con lentitud bajo la sombra de la cresta, luego lo perdió de vista y después volvió a verlo de pie sobre otro montículo a unos doscientos metros de distancia. Junto a él aparecía una singular construcción hecha al parecer con dos varas. Fisher se inclinó sobre el artefacto y se pudo ver un destello de luz. Todos los recuerdos de March de cuando era un colegial se despertaron de golpe y supo lo que era. Se trataba del soporte de un cohete. Los confusos e incongruentes recuerdos siguieron apoderándose de él hasta el mismo instante en el que oyó un violento pero familiar sonido. Un instante después, el cohete abandonó su soporte y subió hacia el espacio infinito como una flecha rutilante que apuntara a las estrellas. De súbito, March pensó en las señales de los últimos días y supo que estaba mirando el apocalíptico meteoro de algo así como el Día del Juicio.

Bien alto en el cielo infinito, el cohete languideció y explotó formando estrellas de color escarlata. Por un momento, todo el paisaje hasta el mar y hacia la medialuna de colinas boscosas fue como un lago de luz rubí, de un rojo extrañamente rico y glorioso, como si el mundo estuviera remojado en vino en vez de en sangre, o como si la tierra fuera un paraíso terrenal, sobre el que se detuvo para siempre el sanguíneo momento del amanecer.

—¡Dios salve a Inglaterra! —gritó Fisher con voz que resonó como una trompeta—. Y ahora es Dios quien debe salvarla.

Mientras la oscuridad volvía a hundirse sobre la tierra y el mar, les llegó otro sonido. Lejos, en los pasos de las colinas que habían dejado atrás, las armas hablaban como el aullido de una jauría de sabuesos. Algo que no era un cohete, que pasó gritando y no silbando, sobrevoló por encima de la cabeza de Harold March y explotó más allá del montículo con luz y un estruendo ensordecedor, impactando el cerebro con insoportables y brutales ruidos. Otro llegó, y otro más, y el mundo se inundó de bramidos y vapor volcánico y luz caótica. La artillería del oeste y los irlandeses habían localizado la batería del gran enemigo y estaban bombardeándola hasta reducirla a pedazos.

En la desesperada excitación del momento, March miró a través de la tormenta en busca de la alargada y esbelta figura que se erguía junto al soporte del cohete. Entonces otro destello iluminó toda la colina. La figura no estaba allí. Antes de que los fuegos del cohete se hubieran desvanecido en el cielo, mucho antes de que el primer cañón hubiera resonado desde las distantes colinas, una ráfaga de un rifle había restallado desde las trincheras ocultas del enemigo. Algo yacía a la sombra de la colina, tan rígido como el palo del caído cohete. Y el hombre que sabía demasiado descubrió lo único que merece la pena saber.

ÍNDICE